ハンセン病とともに

岡部伊都子

藤原書店

ハンセン病とともに

目次

「風の舞い」……109

ハンセン病とともに

はじめに――深い謝罪を形にするとき

なぜ、こんなにはっきりと誤りだとわかっている不幸極まりない「隔離政策」を、国がえんえんと続けてきたのか。

ハンセン病の病菌は結核菌よりもずっと弱く、感染していても発病しないことが多い。だのに、遺伝だとか危険だとかいって、世人からうとまれた。それは、まったく非科学的な偏見だった。

私は十四歳で結核になって通学をやめた。本を読んで安静にしていた時、結核よりも苦しい立場に置かれているハンセン病者のことを知って以来、国に、社会に、人間性を踏みにじられてきた人びとのことが忘れられなくなった。

神戸にいた一九六四年、私の書いたものをラジオで聞いたと、お手紙下さった大島青松園（香川県庵治《あじ》町）の吉田美枝子さんのところへ、ずっと朗読奉仕に通っておられた少女に連れていってもらった。

そして「らい予防法」を適用され、家族から引き離されて、ハンセン病療養所に入所していらっしゃる方がたの苦難を知ることができた。

何度通ったことか、入園の方がたともお近づきになれて、泊めてもらって話し合った。面会に来た人が、島から船で帰って行くのを見送るつらさ、愛する人がいるのに断種、中絶させられる理不尽。国は非人間的な隔離政策を続けた。吉田さんの正しい怒りに、指摘に、どんなに多くを学んだかわからない。

一九六八年、初めて沖縄へ渡った。米軍施政下の沖縄で、本土復帰促進集会へむけて行進している途中で、「この向こうにハンセン病療養所があります」ときいて、とびこんだのが沖縄愛楽園（名護市）だった。そこでお友だちになった方がたがすばらしく、沖縄へゆけばかならず愛楽園をたずねる。

ずいぶん前、「らい予防法」の撤廃を願う署名活動をしたいと親しい入園者に相談したら、「療養所から出て、どこに住めばいいのか。どんな目にあわされるかわからない」と止められた。自由になりたいのはやまやまなのに、社会に理解と愛がないのだ。

それだけに私は、もと入園者、もうとっくに治癒されているのに、そのまま園に住んでいらっしゃる方がたが、「隔離政策で基本的人権を侵害された」と、国に対して賠償訴訟を起こされた勇気を支持した。

本来は国家がきちんと弱者を守り、行動するのが当然。そして私たち民衆の一人一人が、政府に要求すべきだったのに。民主主義とはほど遠い自分たちの実態。

二〇〇一年五月十一日、熊本地裁で「ハンセン病隔離は違憲」とし、国に「十八億二三八〇万円の賠償を命令する」という判決がでた時、許せないことを「許せない」とした結論に、ほっとした。あちこちから喜びの声が届いた。この勝訴に至るまで、どれほど無念な事実があったことか、吉田美枝子さんをはじめ、亡くなってしまった人びとを偲んで涙せざるをえない。

判決当日、地裁前で判決を待っていた原告や支持者が、唱歌「故郷《ふるさと》」を歌っていたという記事を読んで、私が沖縄愛楽園をたずねた時、歌われたこの曲に、ひとしお深い思いのこもっていたのを思い出した。

夢は今も　めぐりて
忘れがたき　故郷……。

故郷・血縁と強制的に隔絶されていた残酷な現実。

一九九六年五月二十三日、国の控訴断念をきいた。ハンセン病訴訟は社会に存在するあらゆる差別、偏見から自他を解放するべく、真実をこめて人間の尊厳を問い続ける。深い謝罪を形にして、元患者さんらの人権を積極的に守らなければならない。問題はこれからだ。

〈講演〉いのち明り

■死なんならんと思いつづけて

長い間の念願が叶《かな》いまして、今日初めて愛生園《あいせいえん》を訪れることができました。大変重い記念の日でございますのに、わたしのようなものにお声をかけていただきましたことを、心から光栄と思い、感謝いたしております。

いつかは伺《うかが》えるとは思っておりましたが、お声をかけていただかなかったら、今日伺うことはできなかったと思いますと、橋を渡りながら何とも言えない気持ちでおりました。なんで、もっと早うに伺わなかったんでしょうねえ。人間には、したいことをいっぱい持っているんですけれども、それが、いつ、どういう形で叶うか、あるいは叶わないままになってしまうか、自分でもわからないような何かがあるんじゃないかと思います。

わたしがはじめて愛生園という名を聞きましたのは、十五、六のときでございました。

ラジオの放送でございました。もちろんその当時は、テレビなどはございません。わたしは戦前、一九二三（大正十二）年の生まれでございますので。

女学校へ上りますと同時に結核になりました。学校で二年生に上ったばかりのとき、全校一斉に検診がありました。七度以上の人は、一週間検温に来なさいというようなことで、一週間通いましたけど、いつも七度五分以上だったのを覚えております。

本人としては、あたりまえの自分の体温と思うてたんですね。そしたらそれは異常だったんですって。それから、結核性の病気やということを言われまして、それから学校を休んで療養に入りました。

その当時、結核も治る薬というのはなくて、ただ転地療養、つまり、空気の良いところへ行く、太陽光線の良い所へ行く、それから栄養を摂る、安静にする、それ以外には、これをすれば治るというものはなかったんです。

学校へ行けなくって、転々と転地療養をいたしました。親の家から離れて、後に戦死した兄と、それから八つ年上の姉とに守られて、帝塚山《てづかやま》の小さな二階家を借りて、そこで生活をしたわけですが、そのとき、初めてラジオで小川正子さんが書いた『小島の春』の朗読が流れたんです。もうその場を立ち去ることができなくて、ラジオに額をひっつけるような感じで、その朗読を聞いていたのを覚えております。

わたしは感傷的な娘で、自分はもう快《よ》くならない病気になってしまった。その当時、結核いうと、みなさん家の前を走って通らはるくらい嫌われたもんです。

ま、伝染《うつ》らんように伝染らんようにということで、何かというと警戒されるというか、そういう病気になってしまった自分を、何か不幸な人間になったように悲しんで、センチメンタルな気分でいたわけですけれども、その悲しんでいるわたしよりも、もっと辛い状況のお方がいらっしゃるのだと、わたしはそのとき息を呑みました。そして、何とも言えない懐かしさ、懐かしく親しく身内みたいな気分を持ったわけです。

転々と転地療養している間に学校は止めてしまい、お友達は離れ、戦争が始まりました。戦争が始まると、こちらに古くからおられるみなさんはよくごぞんじのように、まず弱いものが切り捨てられます。とくに、栄養なんていうものには、まず縁がなくなってくる。かえってこの世にいてない方がいいんじゃないかというふうに、自分で後めたーい気持になっておりました。

とくに小さい時から、まだ西も東もわからへん頃から、この国は神の国やから、天皇陛下のおんために死なんと非国民やと言われて、わたしは世間のほめものになりたい、いやらしい根性の子でしたから、その考え方に骨の髄までしみておりまして、天皇陛下のおんためなら喜んで死なんならん。わたしみたいなもんがこの世に生きているより、どなたか社会の役に立たれる方の身代りに、喜んで死なんならん。そう自分に言い聞かせて、病気の身を肩身狭く暮しておりまして、何回か自殺をしそこねた覚えもございます。

こればっかりは、自分に計ろうて、自分の思うようになることと、ならんこととありまして、わたしが思い詰めてると、何だか母が、

「何ぞ思うてはるのん違いますか。死んでしまいたいと思うてはるのん違いますか」

そう言うて声をかけてくれました。

うまいことだましたつもりでもね、そんなことあれへんような顔してても、今、何を喜びにしてんのかなあということを気にしてくれている者は、そういう心の異変というか、覚悟というものを、すぐわかったんですね。

わたしは、家におりますよりは、家から離れたほうが元気になったんです。わたしの目の前で、父と母とがあまり仲良くなかった。よく父は、わたしの目の前で母を、「女のくせに、女のくせに」て、威張っておりました。それも「女はきたない、女はきたない」って、さげすむんです。

そのたびに母は、

「なあ、伊都子ちゃん、あんたかておなごやわなあ、おなごはな、業《ごう》というもんがあってな、よほど一生懸命にええことせなんだら、見捨てられてしまうねんで、おなごは業を持ってんのやで」

小さな時から、父が目の前で、「女はきたない」「女は業や」いうて、そのたんびにこっちは哀れまれて。

わたしは自分を産んだ母というのは、そんなにいやしめられるような女ではなかった思います。心の奇麗《きれい》な女やったと思うのですけれども、その頃の男というもんは、家の中で威張っててんといかんかったんかなあ……。気の毒なことに、人間的でない威張り方をして、えらい権威をつけておりましたから、そのたんびに、わたしは不愉快でした。

だからそういう父と母が、毎日のように言い争う所を離れて、淋しかったけれども、療養所やら転地療養の所やらに行きますと、ほっとしたんです。

もうそれ見てんでもええ、ほっとしたんです。目の前で見てんでもええ、そうするとありがたいことに、小学校だけは何とか出たもんですから、ルビをふってある本だと、たいてい読めました。この頃みたいに、子どもの図書館もなければ、指導の先生もおられません。けれども、お小遣いをもらうたんびに本屋さんへ行って、手に余るほど、生とか死とか、愛とか、それから宗教書とか、そういうものを買うて帰って来て、そして読む。

寝たり起きたりするだけの畳一畳ほどが、自分の天地でしたけれども、そこで本を読んでいると、自分の行かれへん古い時代から今日まで、会われへん遠い異国から昔の人に至るまで、その存在の息吹きを読むことができまして、ちっとも淋しいと思わなかった。それでも、自分は心が奇麗やという自惚《うぬぼ》れがありますから、何だかいろいろなことを見聞きするたんびに、なんでこんなにいやらしい世の中に出んならんのやろ、もう死んでしまいたいわと、何べんも思いました。わたしなんかいなくなったら、この世は奇麗になるんやないかという気もありました。

それでもたった一つ、わたしがいなくなったらと、母がいうんですね。

「お母ちゃんのことがかけらでも好きやったら、死なんといてな。もしあんたが死んだら、わたしはお父さんに責められて、お母ちゃんも自殺せんならんようになんねやで、もしお母ちゃんが好きやったら、死なんといてや」

子どもの耳に、それがもう心の底にこびりついてですね。結局は、この年までこの世の空気を吸わせて戴いております。

結核菌とよく似て、しかも、もっと弱いと言われているハンセン病の菌がいち早く、当然治るべきものが、戦争のためにのびたんですね。もう、戦争が始まった頃アメリカでは、治ってる人があったんですね。なのに、それが戦争という残酷な人殺しのために、戦地に行った人、この国内でも、見捨てられて、みすみす身体に悪いのに、労働をせずにいられなくて、治る薬ができてんのに知らなくて、消えて行った方がたくさんいらっしゃったんですね。

わたしは自分の好きやった男の子が、戦争に行く直前、もうわたしは病気で死ぬ、その人は戦死するやろ、これが最後やと思うて家へ挨拶に来はったときに、生きている間はよそへ嫁がないと約束をしてくれと言われて、母どうし、白い扇を交して、その人と婚約しました。

昔の男女関係というのは大変きびしくてね。好きやなーと思うてたかて、どこのお子やら名前も知らなんだし、もちろん、おつき合いもせなんだ。けど兄が戦死してからは、家へ、同じ学校やったから来てくれてはったんです。そのときも、遠くからお茶やらお菓子やら出すだけで、そばへも寄らなんだ。せやけど、なんやら好きやったの。

大学を繰り上げて見習士官になって、さあこれから戦地へ行かんならんその別れの直前、婚約者として二人きりになったとき、その人は大急ぎで、この娘にだけはほんとのことを言わんならんと思うて、ほんとの思いをいうてくれた、と思います。

「僕は、この戦争は間違うてると思うねん。こんな戦争で死にとうないねん。天皇陛下のためなんか死にたないねん。国やら、君やらのためやったら、喜んで死ぬけど……」

と言うてくれはったんです。わたしは二十歳、その人は二十二歳、少年少女です。

ほんとに短い時間でしたけど、たしかにわたしにだけその本音を言い残して発ったわけです。私はほんとにそれまで、たーくさん本読んでた、せやけど、その当時の本には、わたしに、その彼のいう言葉の意味が、わかるような本はなかった。読めなかった。古本屋で買うて来た本でも、×××と伏字がいっぱいある本はありましたけど、何が何やら、教育のない子にはわかれへなんだ。

せやから、そんな言葉聞いても、ま、えらいこと言わはるわ、そんなこと言うてええのんかしらん、あたりを見回してこわかった。そんなこと言うて、とがめられへんかしらんとこわかった。

わたしは小さい時から、さきほど申しましたように、喜んで死なんならんと思うてきた人間ですから、その人に向って「わたしやったら喜んで死ぬけど」て、言うたんです。

その人は、ほんま、どないに淋しかったでしょうねえ。この女の子にだけは、親にも言えない、近所の人にも言えない、兄弟にも言えない本音を、婚約者になったからと思うて言うたのに、それをまったくわからない。わからないだけでなく、なんでそんなに思わはるのか、思わはるようになったんか、教えて頂戴ということも言わない。

大急ぎで、こちらは、小さいときから学んできた軍国主義教育の方に走り帰ってですね、玉砕主義です。喜んで死ぬねん。その言葉を返したわけですから、淋しかったやろねえ。

その人は、もうそのことにはふれないで、その晩、眼からは涙をいっぱいこぼし、口元だけで微笑んで、見習士官ばっかりが貨物列車みたいな所へ乗せられて、どことも知られない戦地へ発って行きました。

その人は、今で言うゼミナールのようなものを、学校やらお友達やら先生やらと、一生懸命勉強してたんやろと思います。わたしには、まったく考えられない見えない世界が、その人にはちゃんと、少年やけど、侵略戦争であるという本質が、見えてたんや。お友達との寄せ書きには、「勝つも亦《また》悲し」とちゃんと書いている。

わたしの兄の戦死したときはまだ勝ちいくさで、一九四一年、シンガポールが陥落したときは、万歳、万歳で大変でした。

「勝つも亦悲し」というのは、その当時の日本人の少年の言葉として、あまりよそで聞いたことがない。心の底から、戦争というものは間違ってみえる。人類的視野でみれば、殺してもまた、勝ってもまた、それは計り知られぬ淋しい非人間的なものであるということを、その人は知っていた。

だけど、わたしは知らなかった。喜んで死なんならん、わたしなら喜んで死ぬのに、あんた何言うのと言わんばかりに、戦地に追い出したんです。

その人は、中国の北部に赴任して、いわゆるゲリラと言いますか、民兵ですね、民兵の隊と自分の小隊とがぶつかったときに、小隊長としての責任もあったんですけど、とっさに、向こうの指揮官を切り殺したそうです。昔、その当時は殊勲でありましたけど、殺したんです。その便りが来たときの何とも辛い気分は、いまだに忘れません。

そして、その後、その人は沖縄へ行きました。沖縄の精鋭部隊が台湾へ移動して「この緑の柔らかな島山は、もう日本です」と喜んだ手紙が来たきり、連絡が絶えました。

一九四五年四月には、沖縄に米軍が上陸しました。

どこで、どうしてはるのかわかれへなんだ。

その頃、大阪の南に、やはり美しい浜辺であった、高師浜《たかしのはま》という浜辺に母と二人でおりました。母も喀血《かっけつ》しておりましたので、二人で養生かたがた借りた家に住んでいたんです。

「今晩は、たぶん、大阪空襲やで」

「そんなこと言わんといてくんなはれ」

「東京が空襲になり、名古屋が空襲になり、そら今晩、大阪やわ」

案の定、一九四五年三月十四日の夜半でしたが、空襲警報。外へ出て見てました、大阪の空を。中途で真暗なところで火花のように散って、ちらちら、ちらちら、ちらちら花火が落ちました。落ちて間もなくすると、その大阪の空が真っ赤に焼けあがりました。あの下に、父やら兄の家族やら、お友達やら、ご近所さんやら、みんないやはるのやと思いましたけど、どないすることもでけしませんが……。

■人の嫁さんに

最後の最後まで死ぬ覚悟でいてた戦争が、一九四五年八月十五日の正午、一つの放送で終わりました。

その放送の終わった後の街の静けさ、静かでしたねえ。シーン、シーンとしてましたねえ。あれは、みんなが死なんならんかった時代から、生きてても非国民と言われんですむ時代への転換だったんですねえ。あんな静けさは、空前絶後の午後でございました。

それまでは、晩は真暗で灯火《ともしび》つけたらいかんかった。あっちでもこっちでも、電気がつきました。あの晩は覚えておられますか、満月でしたよ。海にも、美しい月光がきらめいていた。浜辺にみんな出て、その浜は、どこまで行くかわからない戦地に続く浜であり、そう思って警報のない夜の静けさ、あっちにもこっちにも人が海を見ていたけど、ほとんど話し声はしなかった。ただ満月が、朗々《ろうろう》とした光で流れていたんです。

それからずいぶん後になって、その人のお母さんにあてて戦死した公報が参りました。その人の戦死したのは、沖縄の首里の近くの南風原《はえばる》という所でした。一九四五年五月三十一日の戦死でした。わたしはその人を見捨てたんです。その人が死んだ沖縄を見捨てたんです。

父はまた、何かというと母をいじめました。

「お前が賛成するよって、戦死せんならんような男と婚約さしたんやないか。岡部は空襲で焼けて貧しゅうなるし、伊都子は病気がちやし、婚約してるし、どないする気や」

いうて、母を責めるわけですね。

わたしは、それがもう見てられなくて、家出したかったから、もらってくれる人があったので結婚しました。沖縄を見捨てて、沖縄で戦死した人を見捨てて、人の嫁さんになったんです。

そしてそこで七年、一生懸命、女房役をつとめました。一生懸命に尽せば悪いようにはならへんて思い込んでいました。

こちらの希望が希望通り叶うのやったら、この世に絶望も運命の蹉跌《さてつ》もありはいたしませんが、希望は必ず挫折するものであるということなんか知らなかった。

こちらが良心的に尽せばいいんだと思ってた。自分がどんなに悪いことをしているか。好きだった男を見捨て、結婚した相手もわたしが好きで結婚したわけではなく、いっしょに暮したいから暮したわけではなくて、家から出たくて結婚したんでしょう。無礼な話です。

結局、その人は女性の大好きな人で、たくさんの女性とご縁があったので、わたしなぞはいらなくなっていましたから、七年目でしたかねえ、岡部が破産して、岡部の娘であるということも何の役にも立たなくなって、おまけにわたしが、また咳をしはじめた。

「あんた、また病気になったん違うか」

「ほんまやねえ、もう自信ないわ」

「病気になんのやったら、家へ帰ってから寝付いてや。ここで寝付かれたら損するさかい」

と、言われてねえ。いや、ま、そらほんとにそうで、正直な人なんですわ。ほんまに正直なお方。

それで許してもらって、ああ、もうここの家にわたしはいんでもええねんなあ。よかったなあ思って、喜んで母のそばへ返してもらいました。

■差別者としての自覚

前後不覚に成りまして、眠って眠って、また湿布して寝てました。で、ふと気が付くと、死んでへなんだんです。自分はもう死ぬつもりで帰ったのに、死んでなくて、また生きてた。生きてる限り働かんなりません。

岡部は、母が栄養失調になって、顔がこんなにむくんでたくらい、とことん貧しかった。おかげですねえ、その貧しさのおかげで、わたしは学歴がないのも、歳が三十になってたんも、身体が弱かったんも、もう何もかも、その正体を目の前につきつけられて、自分にできる仕事をせんならんかった。

なんぞできることはないやろかと思ってた。そしたら、そのとき出発したばっかりの民間放送が、「四百字の言葉、書いてごらん」というてくれはった。

「四百字の言葉」という、毎朝ハモンドオルガンで一曲流れて、そのあと原稿用紙一枚、その文章を朗読してくれはりますねん。たった一分十秒か二十秒くらいの朗読なんですけど、その朗読の原橋を書く仕事が始まりました。

これは、お話し言葉で書かんならん。それまで文語体で書いてて、漢字なんかでもたくさん使ってたけど、耳から聞くものは、それではわからないんですねえ。「天性の麗質《れいしつ》である」なんて言うたって、そんなんわからへん。「生まれつき美しかった」言うてはじめて、ああそうかと。読む場合には、何べんもそこへ辿《たど》り着くことができるけれども、耳から入って、もう、一分十秒、それはもう駄目です。つまり、事柄を理解《わか》って、しかも聞いていただいてわかってもらえる、そういう文章を四百字一枚に書かねばならなかった。

これは、わたしには難しかった。ずいぶん本を読んできた。また、独りで親にも医師《せんせい》にも言えないことを、たどたどしく綴ってきましたけど、これは難しかったです。しかし、そのおかげで勉強ができました。

まず、世の中のことを知らんならん。世の中の一般。毎日われわれが生きている、生きているというのは舞台ですから、この舞台に、今いっしょに生きている社会に何事が起ってるか、この現在進行形のドラマを見つづけねばならない。

そりゃあ、新聞で一生懸命読むわけですが、ごぞんじのように、新聞は学歴も高い立派なお人柄の男性がほとんど執筆なさいます。同じ社会現象でも、女がそれも、マイナスばっかりで、戦争も加害者として、愛すると言いながらその人を戦争に送って、傷だらけに経てきた人間が、同じ出来事を見ても全然違う印象を持つ場合がある。光り輝く方から見たら、銀色に見えることが、こちらから見たら真っ黒のシルエットに見えることがある。あるいは上から眺めてはって、こちらは底から眺めている、角度が違えば、同じことがこのように違うのかと思うようなことがあります。

わたしが書くかぎり、いわゆる世の中の有識者が書かはるようなことは書くまい。そういう角度では、取り上げるまい。わたしの生身から出た、わたしは知識はないけれども、転々と転地療養したおかげで、何が生存に大事かだけは知っている。

清らかな空気がどうしても必要《いる》ねん。健康な土がいりますねん。ほんとうのお水がいります。「女はきたない、女はきたない」と、父は目の前で女を侮辱したけど、それは血の池地獄から来てた、血盆経《けつぼんきょう》から来てた。目蓮《もくれん》さんが、地獄に行くと血の池地獄に出た。血の池地獄、そこには男の姿が見えない。びっくりして、「なんで、ここは男の人がいないんですか」いうと、その獄を司っている人が言いました。

「血の池地獄は、男、関係ないんです。女は、生きてる間は月に七日の不浄をなす。子供を産む時は血露を下す。そして、そのよごれもんを川で洗う。その川の水で、お茶やら食べもんやらこしらえて神仏に供える。そういう無礼なことをしているから、どういう女も死ねば必ずここへ来て罪をほろぼさねばならないのだ」

と、言うんですね。

びっくりした目蓮さんは、お釈迦さんとこへ行って、「お母さんも女やけど、どないしょう」というと、血盆経を読んで、お読経して、法要をして、供養して懺悔《ざんげ》をすれば、何とか救われる道もあるだろう。というわけですが、わたしは、その血盆経というお経を読んだ時に気分が悪くなった。

小さいときから、父が母に「女はきたない」と言いつづけて、しかも、たくさんの女性関係を持って楽しませてもろうてと、なんという無礼な奴やったんやろ思うてますやろ。男に関係が無いやないどころですか、その女の血みどろの腹を通らずに、この世に産まれてきた男性はありません。そのお経を作られた人も、おそらく学識の高いお坊様やろ、そして、それを信じてそれを流布《るふ》した人びとも、学識高い坊様であり、学者であり、われわれの大好きな働き手の異性である。男性である。誰だって異性は大好きですが、その大好きな男性の心の中に、この不浄感というのかな、業意識と不浄感というのが、どんなに差別の原点になっているかということを、みなさまがたなら説明しないで理解《わか》って下さる。これが、大きなこの世の差別意識の原点であります。

残念なことにわたしは女性として、光栄ある被差別者でありましたけれども、なおかつ、自分は他に対して差別をしていないという、自分は差別者であるという自覚を持ちませんでした。長いこと気付かずに、気付かないという形で、人間に対する差別を是認してきました。社会的矛盾を見過してきました。

もう、その自分の正体を省みますと、まことに、偉そうなことは何も言えません。戦争には協力、そして差別者。わたしは女性である被差別者は、全部差別とたたかう同志にならなければ嘘だと思うんだけど、今日でも、なお、延々たる女性差別はあらゆる差別のどん底にあります。その自覚が、なかなか社会で見受けられません。

ありがたいことに、独りで寒風吹きすさぶ街に出て、誰からも経済的応援はなかった。あの、どん底の貧しかった……。どんなにかして、食べていかなければならなかった。その体験が、わたしに何とか少しまともな、人間らしい視野を作ってくれたんじゃあないかなあ。

自分が、どんなに差別者であるかということを、例えば、清掃作業ひとつとっても、被差別者のみなさんがたが、そういうお仕事しか無くて、集めに来て下さる。そのことを、昔はまったく気がつかなくて、まあ、ほんとに、何かを文章にしなければならないという、必死にこちらは生きて行かんならん人間として、社会を見なおしました時、どれほど多くの差別が、差別そのものとして、実体として、わたしを教育して下さったでしょうか。ありがたかったと思うんですけど、その「四百字の言葉」に必死でね、しがみつきました。何とかそれを、続けさせてもらいたかった。

それをまず二年くらいつづけた時に、『おむすびの味』というご本に、それをのせて戴きました。そのおかげで、わたしの署名ライターとしての名前を、出させてもらうことができるようになったんです。そして今日まで、この仕事を続けさせていただいている。そういうものでございます。

■「四百字の言葉」の縁で

わたしが、ハンセン病のお友達を得ましたのは、この「四百字の言葉」がご縁でございます。一九五七年に始まったその仕事が、二年目に本になりまして、『おむすびの味』『続おむすびの味』と続けて出ましたの。

その後、『蝋涙』という一冊の本に——やはり、同じ四百字の言葉が小さな新書版なんですけど——なって、その中に、目が欲しいという文章がございます。「目が欲しい」、「暗い」と聞くと、「暗い」とはどんなことか聞かれました、という文を見ましたが、そういえば、目の見えない方には、いったい何を指して暗いというのか、それさえわからないかもしれませんねえ。

当時の神戸で、「盲目の工人展」と名付けて、目の不自由な学生さんが作った、粘土細工の焼物が展示されました。目の見えない人たちが、人間てどんなだろう、小鳥ってどんなだろう、牛は、馬はと、小さな心に想像力を膨らませて、たどたどしく土をこねた小さな焼物には、胸を打つものが少なくありませんでした。とくに、「目が欲しい」と題された作品には、空に向って両手をさし出すいたいけな姿全体から、「目が欲しい」と叫んでいる作者の声が溢れて来て、晴眼者たちを泣かせました。

その中の少女の作文によると、「わたしは、戦争の時から眼が悪くなりました。お母ちゃんのお乳が出なかったからです」というのです。これが、やはり朝、放送で流れたんですね。

これに対して、大島青松園《せいしょうえん》の吉田美枝子《みえこ》さんとおっしゃる女性から、点字のお便りが参りました。

「わたしはずっと、毎朝の「四百字の言葉」を聞いてます。眼が欲しいというのも聞きました。けどハンセン病で、わたしは目が見えなくなった。手の感覚が無い、触覚が無い、点字を読むのも全部舌で、わずかに残っている感覚で訓練して読むのです」

というようなお便りがあったんです。

わたしはびっくりして、嬉しくてね、もうほんと、その点字の手紙、介護の方に打ってもらわれたんでしょう。部厚い点字でした。また、そのことを四百字に書いたんですが、そうしますと、そのまた四百字の言葉に対して、おびただしく、今度は普通の目の見えない方から、もう溢れるように手紙が来ました。

つまり、ただお目が見えないということだけで、どんなにかご不自由な毎日なんですよ。そして、すべてを手でご覧になっているんですね。手で、こう、相手の顔にさわって、物もさわって。そういう方から、自分たちの想像も及ばない世界がある、触覚がもし無くて、なお視覚がなくなったときに、どんなにお辛いかというのは、もう想像にあまりある。

そらまあねえ、晴眼者からよりもね、そのような方からのお便りが、どっと来たことが非常に印象的でした。

つまり、健やかな者には機会が少ないんです。痛める者ほど、痛みには敏感なんです。ほんとうの意味の痛みがわかるんだ。痛まない人には、いくら訴えたって、ああそうなのか、そんなこともあるわいな、素通りしてしまわれる。

わたしは、痛みを持つことが人間としてどんなに大事なことか、健康というものは、痛まないのではないのでして、痛むべきものには、まともに痛むのが心の健康だと思っているんです。鈍感に、何にも人の苦労がわかれへんことが、健康なのでも幸せなのでも、わたしはないと思っています。

ほんとに、痛むべきことに痛むべき力を持ちたい。ほんとうに見なければならないものを、見る勇気が欲しい。理解する力が欲しい。

ああ、もう、その思いでこれまでずーっと来たわけですけど、わたしは、青松園に吉田さんという知人を得まして、喜び勇んで……。その頃、点訳奉仕をしていたお友達が、これまた定時制の高校生で——大丸に勤めていたお嬢さんでしたけど——第一限は、とてもじゃないけども、一生懸命走ったって校門は入れない。だけど、二時間目、三時間目、時には四時間目になっても、行けば、そこに同じように勉強したいと思っているお友達が、いるということで学んでいた方です。

福祉家庭のお子でしたけど、その方が点訳奉仕をしていらっしゃるのを知って、

「青松園から、こういうお便りをいただいたの」

と言ったら、

「わたし、青松園にもご縁があるから、今度行って来てあげるわ」

と言って、吉田さんに会って来てくれはって、お目にかかる段取りをして下さいました。

わたしたち、その当時、神戸に住んでいたんですけど、神戸の美味《おい》しいお水を瓶につめて、青松園に渡ったのが、一九六四年のことでした。

波止場《はとば》にみなさん迎えに来て下さって、「あの方が、吉田さんよ」、わたしも初めてだから、どういう反応をするか、我ながら自分を信じてないところがあったんですけど、嬉しさに、馳け寄ってお手を握りました。嬉しかった。そして「盲人会館」へ行きました。そして、目の見えないみなさんと、お話しをしました。

おひとりおひとりが、どういうふうにして今日までできたかと、お話しをしておられました。質問もしてもらいました。いちばん後ろのほうに、おひと方、桜井学さんという晴眼者がおられて、

「盲人会へ、今日は岡部さんが来るというけれど、あんたら眼が見えないから、だまされ

てんのやわ。ほんまもんかどうか、自分が首実検してあげる」

と言うて、ちゃんといやはったんですね。ほんまもんやった。写真で見るよりも、もっと奇麗や言うてくれはって、

「そこ、もうちょっと大きな声で言うてもらえませんか」

と言うて、大喜びで、まあ、楽しかったなあ。

「あんた初めてか、わたしはこの園が始まった時からいるのやで」

「どない思うたか」

「あんた、身体が弱いさかい大事にしなはれや」

とか、どっちが患うてんのやわからへん。あんじょう言うてもろうて。つまり、みなさんお目が見えない。ええ格好して欺《だま》せる相手やないんです。

ふつう、きらびやかな街の人は、きらびやかな物に惑わされるんです。けど、お目の見えない方は、そういう無駄がないんです。恐いことを言わはるんです。目え見えんだけ、声で見てますんやわ。

ああ、こわ。わたし声で見られるほど、声、ええ声であらへんのに。嗄《しわが》れ声なんで……。せやけど、しょうがない、ええ格好せんと、しょうがない。ええ格好せんと、ほんとの本

音をぶっちゃけた自分の思いを、なんのてらいもなしに語る以外に術《すべ》はないわね。もう、それしかおつきあいできませんがね。

わたしは、もう嬉しかったのなんのって、つまりねえ、世の中にもてはやされるようになればなるほど、いつわりの部分が多くなるんです。わたしが独りになったとき、もう嘘つかんでええねん。あそこの嫁さんやいうて、ええ格好せんでええねん。貧しい貧しい、誰も見返れへん中年の、どん底の、学歴もない、誰も見返れへん、もう嘘をつかんでええ嬉しさ思うて、帰って来たんでしょ。

それからまた、仕事始めてこっち、ぜんぜん嘘ついてへんのですよ。いつでも同じこと言うてんですけど、向うが勝手に謙虚やとか、そりゃあ、ご謙遜だとか嘘にしはるんです。わたしは謙遜でも何でもない、身体が弱いのも、学校へ行てへんのも事実やから、事実を言うてるに過ぎないんですが、その事実が、既にそれを言うということが、謙遜やと言われるくらいに、つまり虚構の世界がまかり通っている。ほんまのこと言うたら、見下げられる世の中なんです。

なんで、ほんまのことが尊ばれんのやろ。ほんまのこと言うたら見下げられますねん。おかしな価値観の世の中ではありませんか。

■沖縄へ、「愛楽園」へ

それ以来、わたしは実に良い空気を吸いに――悩むことがあったり、また向うさんが人さんに言いにくい悩みごとがあったり、そのたびに、青松園の方がたとおつき合いしてきました。

一週間に一ぺんの拙《つたな》い原稿を、ボランティアの方が朗読してくれはるんですってね。ときに、新聞社の都合で一週変わりますと、わたしのが出ない。

「今日の出なかったじゃないか。また病気になってんじゃないか」

心配してお電話下さる。

「朗読してもらおうと思って電話かけたら、今日は出てへん。きっと病気やで」

ま、そういうふうに思っていただいております。

その青松園とのご縁のおかげで、沖縄へ初めて、一九六八年に、訪れました。婚約者の戦死した、戦死させた、もちろん戦争ですから、大変なことですけども、米軍の銃撃でたくさんの人が死にましたが、そこはまた、日本軍のこわい所で、日本軍が虐殺をしたり、集団自決を命じたり、玉砕主義の公民教育につながって、みすみす住民の方が日本軍よりも、たくさんそこで死なされた土地なんです。その人は、日本軍の中の一人の少尉でした。どこで死んだか、さがしたくて行ったんですけど、行って見れば、そのことさえ、どんなに思い上ったことかがわかる。沖縄自身の底知れぬ痛みと、そして、その痛みを返してなおかつ、あらゆる所に美しい美感覚、ゆたかな創作の美の吹き出ている、美のエリアでありました。

当時、まだアメリカ軍が支配していまして、復帰闘争、日本になんか復帰しやはらんでええがな、と思いながらも、東海岸、西海岸を先生方が復帰を望んで、異民族に支配されたくないというたたかいをしておられて——そのたたかいは、命がけのたたかいでありますけど——、そのデモ行進のそばを通り越すに通り越せなくて、わたしは車から飛び降りて、その列の後について歩いた。

一九六八年だから、まだ復帰までに四年間ある、そうしましたら、このすぐそばに「愛楽園」て、ハンセン病の療養所がある、そう聞いたんです。

そりゃ、もう行きたい。誰も紹介者ないですけど、行きたい。というので、不意にわたしは訪れて、

「こちら京都から参りました岡部というものですが……」

と言ったら、何か園内放送をして下さって、たちまち二百何十人か集《つど》って下さいました。

そこで、初めて沖縄へ来たこと、沖縄に日本の矛盾が全部吹き出ていること、わたしの正体が沖縄に集中していること、心痛いその実感を、今ここで感じていること。

それこそ、その当時の愛楽園は、まだまだ生々しい状態であったと思いますが、そこでは「晩寝る夜具もない人だっているんだよ」と聞きました。

「ほんとだよ！」

亜熱帯にしたって夜は寒い。十度にも二十度にもなれば、もう寒い。

そして、図書館に実に本が無かった。

そうしたらねえ、その話が終わったら後ろの方から、南真砂子《まさこ》さんが出て来て下さってね、

「わたし、先生の本二冊持ってるよ。『古都ひとり』ともう一冊持ってるよ。こんな所で会えるなんて思わなかったわ」

と言って下さって、嬉しかったな。沖縄の愛楽園で、わたしの古い本を持っていて下さる読者に会えるとは思っていませんでした。

それ以来、可愛がっていただいています。ほんとに慰められる。それでは、いったい大和《やまと》は何をしていたか。

「もし、沖縄をこのままにして、安保条約破棄をしないで、基地をなくさないで、復帰ということにしたらば、本土全体が沖縄になることですよ」

そう言って、非常に勝れた、つまり大和側の意識の低さと、沖縄なればこその悲惨なたたかいの、その中での、とくに悲惨な、愛楽園体験の女性の目との違いに、わたしは圧倒された。この格差です。

ふつう、大和と沖縄いうたら、大和の方が何か恵まれていて、高いように思うじゃあないですか。これが全然逆なんです。この考えの心の差というものを痛感して、泣き泣き帰って来ました。

もう沖縄を訪れれば、必ず、愛楽園には伺うことにしてます。二度目か三度目のときに、

「今度こられた園長先生です」

と言って、犀川《さいかわ》一夫先生に紹介された。

先生は、「来てよかった」とおっしゃってた。

「しかし大変ですね。ありがとうございます」

とわたしが言った時に、目にキラリと光るものを拝見しました。それまでの愛楽園の状況は、こちらの園の状況とはまったく異なる――まだ、その頃復帰してないんですからね――

状況でした。

その中で、犀川先生がいちばん先になさったことは、職員宿舎と病棟との間にある高い高いブロック塀を、取り除くことから始められたそうです。わたしはそれを聞いて泣けた。わたしはその前にも行っているから、いかに、犀川先生がそこへ赴任なさってから風通しが良くなったかがわかります。そこへ入っていらっしゃるみなさんがたが、嬉しそうになさっているかがわかります。

ほんとに、表現というのは全表現なんです。わたしは文章で生きていると思うけど、決してそうじゃあないんです。文章には言えないことがいっぱいあるんです。今でも、うっかり書いたら、こんなこと書いたら、右翼がとか言われることもあるんです。編集者の方で規制なさる。

言うても言わんでもええようなことやなくて、言わにゃあいかんいうことかていっぱいありますやろ。自分の体でわかっていること、今生きている意味としてお告げしたいことかて、たんとありますやろ、それをそのまま言えないのか、つまり、書けることしか書けないという、書くという仕事であるということを思うんですね。

無言の表現というのもある。全身の表現です。抱きついての表現もある。あるいは、全体に触れられるのを拒否する表現もある。どんなにええお仕事をなさっても、わたしは、威張る人は好きでないんです。威張る心が嫌いなんです。

　威張った段階で、その人は、自分はええ人間になった偉い人間になったと思うてはるか知らんけど、こっちから見たら、その人は人格が物凄う低落してるんです。非人格。

　そういう意味でわたしは威張らない。心の温かい、誰にでもその人のことをわかるように努力する。わからなかったら、教えてって言える。そういう人間になりたいと思いつづけてきました。

■水平社宣言と全霊協宣言

　わたしどもは、この頃こそ、人権、人権と言いますけど、わたしの生まれた一九二三年の前の年に、すでに京都で、「水平社宣言」という——被差別部落の方が——長年にわたって非人間扱いされて来た歴史を書かれています。

「自分たちは、人間を尊敬することによって、人間を解放するものである」

なあなあと慰められたり、いたわられたりすることで人間は決して解放されない。それはむしろ侮辱なんである。むしろ、その人を哀れんでいるのである。哀れみでなく、尊敬されることによって、人間対人間の自由、人権というものが確立されるのである。という、その「水平社宣言」というのが発表されていました。

「人の世に熱あれ、人間に光あれ」

という一言が、格調高い呼びかけです。

戦前の教育で、わたしは学びませんでした。沖縄のことも学びませんでした。在日のみなさんがたの不幸の源泉である、朝鮮半島に対する日本の無礼も、無理強いの統合も、強制連行の事実も、わたしは学びませんでした。何も知りませんでした。教えられなかった。教えられないからと言って済まないけれども、無知、無感覚で通って来た事実は事実であります。

わたしが生まれる前に、世界に誇るべき日本人の人間宣言が、すでに発表され、りりしい人間に対する尊敬によって、人間は解放されるという理念がうたわれている。

戦後になって、国際人権規約みたいなものもあります。子どもの権利宣言のようなものもようやく出ました。

「人間は尊敬し合わねばならない。蔑視によって、いかなる悲惨な差別がありうるか」

というようなことがうたわれている訳ですけれども、なんと一九二二年に、すでにこの国民は、痛み尽した人びとの手によって、見事な人間宣言があったんです。

それを生きている人の人間宣言とするならば、死者全体の人間宣言というのは、みなさんもごぞんじの島比呂志《しまひろし》さんが書かれた『海の沙《すな》』に出てくる「全霊協宣言」であります。

「わたしは、人間らしく扱われないで死んだ人びとは、世界中にいっぱいあると思う。数え切れない。とっても一人や二人やで数え切れないの」

たまたま、これは『海の沙』に出てくる——木塚郁夫《きづかいくお》さんという方が、お書きになったと島さんは記録しておられる——その宣言です。それこそ、ハンセン病で亡くなった納骨堂のお声の代理のつもりで書いていらっしゃるけど、それどころではないんです。

ユダヤ人差別におけるホロコーストもある。それは、今だってありますがね。世界中の、それこそ新聞見て下されば、さまざまな事故もある。戦争もある。差別がある。宗教戦争まである。

宗教や民族は、人間を救うために何をしたか、ほんとに、戦争の対立の、分裂の、原因になる場合が多くて、せっかくその悟りというものが、人間愛を生かす形になかなか使われないという淋しさがある。それは、今後のわれわれ一人ひとりの自立の精神を、持つか持たないかによって決まってくることです。わたしは、「全霊協宣言」に出会ったとき、息を呑みました。その中には、実に見事な、やっぱり理念があった。

「全国国立療養所の納骨堂に堆積する諸士の賛同を得て、ここに全霊協発足を宣言する。全霊協の目的は、生前、らい患者なるが故に奪われていた人格の回復である。それは、現存する患者諸氏の人格回復によって達せられる」

なにも、なにも、法要してくれと言うてはるんやないです。お供養配ってくれと言うてはるんやないんです。今生きている人びと全部が、まっとうな人格を、人権を回復することだけが、すでに死んだ、非人扱いにされて死んだわれわれの霊を、回復することになるのであるぞと、実に見事な宣告です。

わたしは、これには息を呑みましたね。

わたしたちは人格を否定された非人間として、永久に生き続けなければならない。人生、六十年、七十年の忍耐はできても、永久の忍耐など、どうしてできようか。

この木塚さんは、この「全霊協宣言」をお書きになって、それを持って納骨堂へ入って死んでおられたそうです。島さんの書かれた『海の沙』によりますと、その前でそれを書かしめた、書かしめた。これは「らい予防法」に対する怒りでもあります。

もうとうの昔に、完治しているはずのわれわれを、いかなることで、社会的人格の保全を、喜んでなさしめる社会訓練を、一般の国民にさせないか。それを常識としない社会に対する怒りでもあるけれど、それはやっぱり政治の力でもありますよね。われわれの怠慢でもあるけれど、これは、実に立派な宣言と思います。

怨んではるんやないんです。これまでのことを責めてはるんやないんです。どうしてくれ、言うてはるんやないんです。なんにも、お経さんあげてくれとも、大法要して詫びてくれとも、言うてはるんやないんです。

わたしが痛むのはそこなんですよ。われわれ、人格を奪われて社会に復帰できずに死んでしまった霊として、ただ一つその霊の人格として願うのは、現存する患者諸氏の人格回復によって達せられると、これこそ素晴らしい。高邁《こうまい》な人格、仰ぐべき大きな、苦しめられつづけたお方の言葉であると、わたしはひれ伏しているんです。

■自ら灯して燃えながら

それに比して、わたしども、一応健常者とされている者の視野の低さよ、人権意識の小ささよ。われわれ女性は、もっと人間的人格の回復に先だって、声を挙げたいわけですけど、今でも「女は黙っとれ」みたいなものが、いまだあるんです。この国にはねえ。

たとえば、この間の梶山静六法相（当時）の黒人差別の発言がありましたねえ。黒人、アメリカでは黒人を追い上げて行くみたいに、まるで悪貨が良貨を駆逐するみたいに言って、ニュースではアナウンサーが、「黒人差別と言われるような発言をした」というような言い回しで言うてますけど、それが差別でなくて何ですか。人は、差別と思ってないつもりで、どれだけ多くの差別をしていますか。わたし自身、被差別者でありながら、どうして、それの差別に敏感な発言が出てこなかったか、戦争中まったくそのことに気づかなかったかと思うと、昔のわたしみたいな意識が、まだまだ多いことに気づかざるをえない。

梶山という人は、わたしどもの人権全体を司る法律的中枢の親分でありますけど、黒人差別とだけ言うてもろうたら困りますねん。なんでその発言が出たんです。

新宿にね、女たちが身をひさぐ。所どころに立っている。二十四カ所がある。そこを視察に行ったんや。東南アジアから出て来た不法入国と言われている女性たちがそこで立っている。そうすると、今まで立っていた人たちが立てなくなる。それを悪貨が良貨を駆逐すると言うた。おかしいと思わはれしません？

不法入国させて、もうけてんのは誰なんですか。そういう形ででも、身を売らねばいられない他国の女性たちの身はどうなるんですか。男でしょう。法相でしょう。そういう仕組みを、今も温存させているのは、あなたではないか。それに痛まない発言で、しかも、黒人差別をするなんて、いったい何重の無礼になるんでしょうねえ。

ただ、黒人差別のことばかり新聞でも言うけど、女性としては、そのどん底がもっと根原的問題であるように、この国の性格であるように思われてなりません。

恐るべき縦社会の国であって、敗戦後に得た憲法も、今日なお、本当の意味で、平等の、対等の、喜び多い人権感覚を育てているそういう社会の現実とは、到底思われません。

わたしは、『蝋涙』と名づけておりますけれど、蝋は火を灯《とも》す。さきほども納骨堂にお参りして、昨年(一九八九年)の今頃よりも、もう十一名もたくさん亡くなっていらっしゃる。ゆっくりゆっくりゆっくり長島大橋を、手で触って歩かせてもらっていた。あれができた時は、嬉しいやら口惜《くや》しいやら、にくらしいやら悲しいやら、何とも無念な、でも喜ばなあかんことでしたけれど……。

この世界中が、到るところが破壊され、汚染され、われわれの命の灯《ともしび》も、幽明界《さかい》を異《こと》にすると申しますが、蝋燭に灯を灯していると、ゆらゆらゆれて命がゆれて、わたしは大好きなんです。でも、それがいつかは消える日がある。せめて、その命の灯がゆらゆら揺れている間、その灯でもって自分の理想を照したい。自分の行くべき道を照らしたい、照らして道を歩きたい。そうした多くの人びとの喜びに、みんなで手を取って喜び合いたい。そう思いますねえ。

昔の蝋燭は、自ら灯を灯して燃えながら——蝋の涙と書きますが——たらたらと涙をこぼしつづけて燃えながら、涙をこぼして最後はパッと消えるのでございます。どんなに生きていたくても、いつかはいなくなるわたし、その瞬間まで、一人でもお二人でも、どうぞお喜びの人生を生きていただきたい。痛める人びとこそ、まずまず、まっ先に喜びを感じるべき資格がある。痛める人を先に立てない人権感覚は、まことに危うい。全知衆の亡《ほろ》びに繋《つな》がると思いながら、みなさまがたの後から、みなさまがたのいらっしゃる方向へ、同じように足ひきずって参ります。どうぞ、最後の最後までもご機嫌ように。ご自分の美しい命を、涙をこぼしながらでもいいから、明るく、明るくかかげて下さい。そのみなさまみなさまがたの解放がなくて、わたしども全国民の解放はないのではないかと思っております。

犀川先生は、沖縄復帰のときに、「らい予防法」の適用を拒否なさった。

「どうして、二十七年間のアメリカ支配で、在宅治療ができているこの自由な、この人間的な回復の道を、なぜ、本土なみの適用を受けなければならないか」

と言って、拒否なさった。沖縄で、すでに「らい予防法」は適用されていないのに、なぜ、他府県で今も——事実の上ではどうか存じませんけど——法という名において、それが拘束を続けているか、ということに、深い非力、わが非力を感じて、ほんとに申し訳なく思います。

どうぞ、大きく、お喜び多く、一瞬でも深い、深い、人間性の満たされる呼吸をして、この世に灯っていていただきたいと思います。

たいへん拙《つたな》い話で、貴重な、貴重なお時間をつぶしたことをどうかおゆるし下さい。申し訳ありませんでした。

治る病気です

うとみしか

ありし日は我こそ人をうとみしかその天刑を今ぞ身に疾《や》む　（明石海人）

ハンセン病が遺伝ではなく伝染病であることは、すでにハッキリと知られています。しかし、わたしたちが思いがけぬこの病にかかっていると診断されたときは、どんなに暗澹《あんたん》たる気持になるでしょうか。

この歌をよんだ明石海人《あかしかいじん》も、それまでは他人のことだと思っておそれ、にくんでいた「レプラ」の宣言をうけ、いとしい妻や子どもたちと涙の別れをして、ハンセン病療養所にはいるのです。

発病の宣告と、失明と、気管切開、それがハンセン病の三大受難であるとか。生きながら身体がくずれ、感覚のマヒしてゆく血みどろの病苦とむき合って、じっと耐えるほかなかった北条民雄(『いのちの初夜』著者)時代の人びとのことを思わずにはいられません。

でも、嬉しいことに、その悲惨な姿はすでに過去の話、今はその名も「らい」でなく、ハンセン病と呼び改められた病社会に、民主化運動もすすみ、プロミンという新薬によって、頬もスベスベとなる光明が与えられ、どんどん治癒してゆきます。

回復者の社会復帰に何とか人間らしい生き方を！　と叫んでいる人びとに応《こた》えて、いわゆる「壮健さん」であるわたしたちも力を合せて、いっそう明るい将来をもたらしたいものです。

輝く魂

私たちの先祖が、はじめて皮膚の黒い人の姿をみたのは、やはり、南蛮渡来の安土《あづち》桃山時代なのではないだろうか。古い時代の見世物的興味と蔑視のただなかにいた人びとの心は、いまだに、えんえんと、その苦痛とたたかいつづけている。

封建政治のつくりあげた、人の下に人をふみにじらせる「非人」の制度は、もともと、美しい四季の自然にはぐくまれ、素直な気風をもっていた私たちの先祖に、拒否されないで、簡単にしみつき、日本人の差別観の根本になってしまったようだ。

同じ人間どうしの、不当な優越と卑屈。鎖国のゆえに、日本人どうしの差別は徹底したが、それだけに、開国のあかつきの、白人へのへつらいと、黒人への威張った態度は、当然の結果だったろう。

また、中国、朝鮮、東南アジアの人びとに対する、思いあがった民族的差別心は、あの敗戦を通過し、人間は、人間以外の何物でもないといった、ぎりぎりの認識を経たはずの今日でも、案外しぶとく、うごめいている。アメリカの良心であろうとした故ケネディ大統領が、黒人に甘い政策をとりすぎるといって、白人間に反感をもたれていたのも、科学の進歩、時代の進歩についてゆけぬ、精神、哲学の足ぶみゆえだった。

この人間どうしの不幸をうむ根本的な原因のひとつ。自分の心のなかに、つい大きく動きがちになる差別心とたたかうことは、現代人の責任だろう。ハンセン病で、否応《いやおう》もなく隔離社会に生きなければならなくなった人が、病気の回復したあとまで、一般社会に戻れない。一般通念の前に、まず家族が復帰を忌避するのだ。

また、なにひとつかわらぬ日本人仲間なのに、どうして被差別部落などという、くやしい差別の現実があるのか、観念的に差別して、それを、ふしぎとも、恥ずかしいとも思わないことが、むしろ異様である。

アメリカの病根は、黒人問題であるが、それ以前に白人のなかに、あまりにも異なる種々の階層があり、それぞれの掟《おきて》を動かさないことだと、坂西志保さんがいっていらした。そうだろうと思う。そして、それは日本のみならず、アメリカのみならず、すべての人びとが、われとわが精神をたたきのめして考え直さねばならない大切な点だろう。

アフリカの原住者たちにはびこる病気や不幸を、見すてておけないシュヴァイツァー博士は、黒い皮膚のハンセン病者に心を傾け、いのちを傾け、その実践を通して、世界の良心として存在した。現世の幸福を追求することが、一時の快楽を得ることとなり下がっている一般通念からみれば、なんとももの好きな生涯だといわれるかもしれない。

だが、シュヴァイツァー博士は、自分の心に忠実に生きた人だ。

「シュヴァイツァーのような人がいるから、黒人問題がまちがってくるのだ。あわれみなんかで古臭い慈悲をかけるなんて、むしろ差別だし、侮辱だよ」

という人もある。『シュヴァイツァーを裁く』という本まででているそうである。けれど、したり顔にシュヴァイツァーを責める人のうちの何人が、シュヴァイツァーをこえる仕事をするのだろう。シュヴァイツァーは黙って裁かれているが、その存在は、裁く人びとを逆に裁くことになっているのではないか。

輝く魂はどちらであるか、いうまでもない。

『地面の底が抜けたんです』を読む

人間の不幸には、いろんな形がある。お互いに「自分だけ」と思う苦しみにあえいで、不幸全体の展望がなしがたい。世界各地の不幸のなかに、多くの差別を見る。

人間とは何だろう。同じ人間の痛みを、自分の痛みとはせずに、平気で踏みにじり、見捨てているわれわれ。差別のなかの差別の一つに、長い忍従を強いられているハンセン病の世界がある。

ハンセン病の療養所を訪ねると、その明るい雰囲気と、古い先入観との違いに人は驚く。「ハンセン病は遺伝ではない。結核菌よりも弱い力の伝染病である。めったに発病しない。戦後、プロミンやＤＤＳが出現して、治療によって治癒する。治癒していながら一般社会への復帰ができなくて、一生を園に暮らしつづける人が、今は有菌者よりもずっと多い」ただこれだけの事実さえ、なかなか素直には理解されない。治癒したのちも、いったん落ちた指は再生しない。根強い社会の偏見と、外形の損傷とが、全快者の社会復帰を拒んでいる。家族がまず、肉親に病者を持つことを隠している。そのため、病者は生きながら自己を「幽霊化」する。他人の目をおそれる家族の前に、姿を現わさぬように心をくだく。当然の権利である障害年金の支給を請求するため、戸籍を取り寄せるにも、たいへんな気遣いなのだ。

明治三十四(一九〇一)年、芝琴平町のすしやの一人娘に生まれた藤本としさんは、縁談のととのった大正八(一九一九)年に発病した。

「気を失ってしまって……(中略)……立っている地面の底が抜けたんですよ」さもあろう。当時の「癩《らい》」は恐ろしい不治の病気だった。北条民雄の小説『いのちの初夜』、明石海人の歌集『白描』と、この本とを読みくらべて、今昔の感が深い。

著者藤本としさんが全生園時代に会った北条民雄は、「声をかけても返事もしない」「とりつく島がない人」だったという。

「おれはどんな思想も世界観も信じはしない。ただおれの苦痛だけを信ずるのだ」と思いつめた民雄の、かたくなにそむけた背が見えるようだ。

著者藤本さんは、天性の詩人である。また、心の美しい「人生の達人」でもある。著者はどんなに苦しい時でも、同病者に向かって、気むつかしく当ることができない人らしい。良き夫君を得られているとはいえ、よくここまでまとめられたものだ。「解説にかえて」を書かれた飯河梨貴《いいかわりき》氏が「こんなところに姉さんがいた」と思われた気持が、わかるような気がする。

発病の宣告、失明の絶望。この病気にかかって自殺を考えなかった人はない。ここでは社会と同じ虚栄や虚飾は通用しない。「慰める」なんてとんでもない。人びとの底抜けの強さ明るさに、かえって励まされる。この強さ明るさは、決して一朝一夕にもたらされたものではない。

「麻痺ぶかい手」「麻痺ぶかい足」、さらに「失明」が加わる。著者は失明したあと、指のないてのひらだけの手で「敷布や着物はおろか、掛布団の大包布まで苦もなく」盥《たらい》で洗う訓練をした。また、全身のなかで最後まで感覚を残す舌を使って、舌から血をにじませながら点字を読む稽古をする。

かつて目の見えない人に、ハンセン病の人びとが舌によって点字を読まれることを話した時、ものも言えないほどショックを受けられた。目が見えないうえに全身の感覚麻痺、ただ舌のみが感触を残すとは、想像を絶する苦しさである。

だが、著者は優しい心に裏打ちされた美しい言葉で、数かずの苦しみの克服を「まるで楽しいことのように」語る。五体完全な者の思い上がった心のひずみや、怠けた生きようが、反射的に指摘される。人はここまで追いつめられても、なおこのような魂の勝利を持てるものか。

戦争は、まっさきに病者を見捨てた。「自決することが……最後の御奉公だなんて」言われた。栄養失調や病体の労働で、多くの人が障害度を急激に深め、死んだ。療養所の待遇も、その長の人柄によって具体的にひどくちがっていた。

「差別やとか偏見やとか言う前に、足もとから変わらんことには……」

著者の柔らかな言葉には、行政的にも個人的にも、差別や偏見がなくなるようにという願いがこめられている。

「自分ならどうするか」

「自分の理解や態度はどうであったか」

いい加減に読みすごしてはならない。

「いったい、わたしは『らい』になるために生まれてきたのか」

他府県に比べて、さらに条件の悪い沖縄の療養所で、知性豊かな女性からその言葉を聞いた時、わたしは絶句せざるをえなかった。ものごころついた時にはもう発病していた人。じゅうぶん、園外での活動ができる、それぞれすぐれた才能を持たれているのに、社会復帰ができない状態。

それは、いまだに迎え入れようとしない「壮健」社会に問題がある。

絶叫しない静かな声音が、淡々と語る悲惨との闘い。各地の病友がつぎつぎと率直な作品を書いて、健康者をたたかれることを期待する。

＊『地面の底がぬけたんです——ある女性の知恵の七三年史』藤本とし著、思想の科学社、一九七四年

因襲

愛楽園は、沖縄本島の名護市にあるハンセン病療養所である。はじめて訪れた時、思いがけなく、わたしの読者である女性の患者さんにめぐり合って、手を握って喜び合った。それからは渡沖のたびに園を訪ねる。ここには、「体裁」や「利益」で動かされない人間の真実を、見ている人びとがある。他所では聞けぬ率直な意見が、熱いまごころとともに聞かしてもらえる。

宮古島の南静園《なんせいえん》は、まだ二度しか訪れていない。南静園の自治会のみなさんともお話ししたが、愛楽園よりは、すべての点でさびしく、それだけ、人の情は深かった。

ハンセン病に対する一般社会の認識は、まだまだゆがんでいる。ハンセン病は遺伝でも不治でもなく、このごろでは全快者が多い。だのに全快しても退園できない。一般社会が、その外形的な後遺症をきらって差別するからだ。

「ご自分のこれまでを書いてごらんになりませんか。一般社会から受ける苦しみ、肉親に対する愛憎、とくに沖縄のハンセン病者として、戦争や、大和へのうらみつらみもきっと深いでしょう。それを書いて、一般社会の認識を改めるよすがにしていただきたいのですが」

そうは願ってきたが、なかなかこれは書きにくいことだ。文芸的な歌や俳句や小説などは書かれるが、さて、われとわが過去を書くには、現在がはばかられる。園の外にいる家族を思うと、筆が重くなられるのは当然であろう。それにまず、おからだが不自由である。触覚のままならぬ手、定かならぬお目の方もある。点字を読むにも、わずかに触覚の残った舌で読むということ、「書く」ことはたいへんな大仕事なのだ。

無理はない。思いは文字にとどめられぬほど、強く、熱く、あふれているだろうけれど。本土のハンセン病療養所では、すでに少年少女舎はいらなくなった。若年層の発病は、ほとんどない。しかし、沖縄のハンセン病は今も衰えてはいない。以前に比べると、ずっと発生は少なくなっているらしいが、なお大和の十八倍といわれる濃さだ。とくに離島に多いのは、離島に対する医療行政の手薄さとともに、病気に対する無知と偏見と差別が原因ではないかと思われる。

あきらめていた原稿が、愛楽園から二通届けられた。

入療二十七年の男性のは、原稿用紙六十枚もの「因襲」と題した長文であった。「文になっていないのでどうかと思ったが、あんなに心配してくれる先生の心を思うと、書かずにいられなかった」と、ありがたい添書きがついていた。たしかに文は上手とは言えない。けれど子や孫に頬ずりすることもなく、「天涯孤独の感が胸にひしひしと迫る」というこの人の発病前、発病、現在への状況が、よく描かれていた。

不自由なからだを克服して、よくここまでお書きになれた。これはどこかへ発表をと、ご紹介しよう。

「上手」とはいったいなんだろう。真実こそが人を打つ。全快しておられるにもかかわらず、その外貌の欠損によって家族にさえも拒まれる人びとの、深い憤りと悲しみを思う。ハンセン病は治る。治癒したハンセン病者を不治にしているのは、われわれ一般世間の差別である。

心に咲く花

ここに『花への距離』という一冊の本があります。

四国の屋島《やしま》から、すぐ下の海のなかに見える大島という小島に暮らしておられる、政石《まさいし》蒙《もう》さんの短歌と随筆とをおさめた本です。この大島は、松の多いきれいな島で、青松園《せいしょうえん》と名づけられたハンセン病の療養所があります。

政石さんは、一九二三（大正十二）年の六月に、愛媛県で生まれました。

高等小学校を出て一年あまり産業組合に勤め、東京へ出て苦学をしました。もう、その時は、ハンセン病の初期の斑紋がからだにあらわれていたらしく、その症状がどういうものかを、政石さんはお母さんの病状を見て知っていました。家を離れたかったのは、政石さんの心の底に「母を避けたい気持があったようだ」と書かれています。

当時のハンセン病は、治癒する薬のまったくない残酷な病気でした。治らないばかりか、病気が進むにつれて、姿形が人目にそれとわかるほど変形するため、忌み嫌われ、たいそうひどい扱いをうけていました。

だから、政石さんは病気にかかっているお母さんを恐れ、また、自分だけしかわからない病斑におびえながら、苦学していたのです。

そこへ戦争です。徴兵検査で病気を発見されるのではないかと心配していた政石さんは、何事もなく第一乙種合格で、入営しました。戦争に駆りだされるつらさよりも、「もうこれで、自殺しなくても死ねる」という安堵感があったそうです。

戦死すれば、残った家族に病気を知られることはなく、自分の秘密だけで終わる……。そう思って、むしろ戦死を待っていたというのに、政石さんの隊は、戦う機会もなく敗戦となりました。そして、シベリアに抑留されてしまいました。

コノ線ヨリ許可ナク入ルベカラズ
コノ線ヨリ絶対ニ出ルベカラズ

古レンガを並べただけの線の内側の隔離小屋に、ひとりとじこめられていた政石さんは、ある日、自分のうずくまった境界線から二メートルほど離れたところに、ほっかりとひらいた虹色の花を見つけました。

ほかにだれも見ていないのに、古レンガを並べただけの低い境界線にしばられて、線を踏みこえて花のそばへ近づいて行けない律儀な気性の人でした。律儀というよりは、怒りにみちた潔癖といったほうが、その気分に近いかもしれません。

のちに、青松園にはいってから、療養の人びとが栽培しているいろいろな花々を「花乞《はなこつ》食《じき》」せずにはいられないほど、花好きの政石さんでした。まだ二十四歳のハンセン病を病む若者は、どんな思いで、手の届かないところに咲く一輪の花をながめたことでしょうか。限りなくひろがる空間はあっても、政石さんは目に見えない重い鎖で、小屋につなぎとめられているのでした。

「花のあるところまで自由な線の範囲をひろげてほしい」

と医師に頼みました。そしてようやく虹色の花を、境界の内側にとりいれることができた時、政石さんは、花が輝かなくなるのを感じたそうです。

『花までの距離』という題名には、入隊後、隔離小屋で過ごした時の政石さんの切ない実感がこもっています。

朝、一日中の食料を持ってくる当番兵が去ると、一日、ひとり隔離小屋にうずくまっている明け暮れ。

わたくしはこれまで、このような「花への距離」があるなんて、考えてみたことがありませんでした。いくどとなく花を見たり、さわったりしていても、だから花を知っているとはいえないような気がします。

「自分が花と出会う」瞬間というのは、新たな「花の価値の発見」なのでしょう。どこにでもある花、そして、何度も見ていた花が、とつぜん自分にとって特別に意味のある花、自分の心の中に咲く花となるうれしさは、だれもがこの世で味わうことのできるよろこびの一つではないでしょうか。

風わたる

いちじく、ぶどう、梨。

さしもたけだけしかった夏も終わりか、初秋のつゆつゆしいくだものを手に、ほっと一息つく。

昨年の秋は、星野富弘《とみひろ》氏の『風の旅』や『愛、深き淵より』（立風書房）に感動して、「花の詩画展」のお手伝いをさせてもらった。

全身のうち、ただ首が動くだけの星野さんが、口に絵筆を含んで写生された花の絵と、折り折りにつづった心の文字。性、年齢、立場をこえて、多くの人びとの心をうつ作品ばかりだった。

何年か前、高校の先生をやめて多摩全生園へ「人間らしい生き方、心に叶う在り方」をしに入られた若い女性が、介護しておいでの患者さんの中に「絵を始めた方がある」といわれた。『風の旅』を一冊おことづけした。

「星野さんの花の線のこまやかさ、色のやわらかさ、これが口でかいた絵とは思えません」と、便りをよこされた菅原氏は、入園して五十三年になるとか、不自由となって以来三十五年くらいたち、いまは障害二級で、車イスで治療に通い、手足の包帯のとれたことがない状態。

一年近く前から、その包帯に筆をくくりつけて「毎日二時間ほど」水墨画の練習を始めたという。やはり、手の不自由な療友が、書を練習して、段をとったと、それもうれしいことのおしらせである。

立派な墨書のお手紙とともに、ぶどうを描いた色紙が、届けられた。精緻とはいえないけれど、のびてくるくる巻くぶどうの蔓《つる》、実の一粒一粒にみなぎる光り、薄墨の葉にも、力がある。勢いがある。

墨の濃淡が、なかなかいい気分を表現していて、うれしかった。もともと、画才のある方だったろうけれど、わずかな歳月のうちにも、こうした作品が生まれている。

菅原氏は、その後テレビで星野さんの様子が映しだされた時、まるで身内の人を見るようによろこばれたそうだ。

星野さんは、口に含んだ筆を、どう大きく動かしてみても、十センチ内外。腕を使って、さあっと線を流した一筆描きの筆勢を求めることはできない。

それだけに、克明で、深い。まるでやわらかな筆先で、画面を彫ってゆくような、いのちの水を注ぎつくすような、熱がこもる。そこから生まれて咲く花に、光があふれる。

木も草も、自分で自由に場を動くことはできない。

「そんな木を／友だちのように思う」星野さんの「動けぬ」共感が彫りこまれた描写である。その星野画の力に、ハンセン病に一生を奪われた菅原さん、いまなお、包帯で手足を包まれている菅原さんが燃えてゆかれる。

自由な者、健康な者ほど、自由や、健康の尊さを知らない。自らの自由に甘えて、よき自分を創るよろこびを放棄し、おのが行方を見うしなっているのではあるまいか。

久方ぶりに、菅原さんのぶどうを額にいれた。絵のぶどうに、風がわたっている。

供養巡礼

八三五（承和二）年三月十二日、六十二歳で自ら入定《にゅうじょう》したという弘法大師空海《こうぼうだいしくうかい》。

今年（一九八四年）は「入定一一五〇年」の大遠忌に当たるため、各地に散在するゆかりの寺々では、それぞれの形で盛大な記念法要や行事がおこなわれるとのこと。

この長い歳月、公家武家のみならず、各階層の人心に親しくなつかしまれてきた存在である。

高野山奥の院の入定廟《びょう》は、一山の神髄といえよう。その廟を慕って、何十万基ともしれぬ墓の森が、るいるいとたちならぶ。また、各地から高野《こうや》聖《ひじり》に托された庶民の埋骨も、地中からびっしり発見されている。

その奥の院の参道で、三、四十歳のハンセン病者であったと思われる巡礼姿の男性ひとりと、ゆき合ったことがある。困難な歩みを杖にすがって、お題目をとなえながら、思いひとすじに歩いておられた。

現在は完全に治癒する病となり、在宅治療も可能となっているハンセン病のせかいは明るく、かつての悲惨な状況とはまったくちがう。しかし、病気は良くなっても後遺症が消えない。まだまだ無理解な偏見をもつ一般社会への社会復帰がむつかしい口惜しさ。

長島愛生園で、二十六年間、患者さんと苦楽をともにされた元精神病棟婦長の上田政子さんは、二年あまり前に辞められた。

「はじめは面倒をみてあげているという尊大な気持ちでしたが、なんともいえない純粋な患者さんのふかーい心に教えられ、生かされてきました。いい人生だったと思います」

その上田さんが、昨年、四国八八カ所を廻る巡礼を発願《ほつがん》し、旅立たれたと知った時は、ジーンと身のひきしまる思いだった。

なぜ、巡礼……。それも、観光バスでの「判こ鳥」巡礼ではない。「どうしても」と思い立って以来、毎日三キロ歩いて脚力や体調をととのえ、昔、一歩ずつ巡礼者たちがたどった道を。

「同行二人」

弘法大師を信じ、求めて、不自由や苦患とたたかいながら、あえぎつつ、飢えつつ、巡礼した過去の病者は、どれほどの数にのぼったことか。あてどなくさまよい、力尽きて路傍に息絶えたおびただしい数の死者の無念を、

「そのあとを巡って弔らわずには、看護人生は終わらない」

と、歩かれたのだ。

八三一（天長八）年の辞職上奏文に、「悪瘡《あくそう》體に起って吉相現ぜず」と書いた僧空海は、霊験あらたかな密教祈禱の神通力をもってしても、この病相が、治癒せぬ悪瘡であることを知っていた。そのゆえに、即身成仏の用意がいそがれた。

「業病」とされた難患の人びとにとって、「お大師さん」は、味方であった。不自由な身体でたどたどしく巡礼して果てた祖先たちの心が、この精神病棟の元婦長さんに熱くひびいていたのだ。

「野犬に追われ、山道の深い木立にぞっと」しながら、いたる所で霊を供養して廻った女人の、愛と気魄《きはく》とを思う。どんなに深いお疲れかと。

蓮せかい

「原始蓮《げんしはす》」とよばれている古代種の蓮《はす》を、ご存知ですか。

「日下江《くさかえ》の入江の蓮」（『古事記』雄略紀条）のいのちが、東大阪市に大切に守られていました。

原種、土着の蓮とでもいうのでしょうか。

日下江の蓮は、すべてに小さくひきしまっていて、蓮房《れんぼう》にたった四個しか種子ができないのをもらったことがあります。

もったいなくも、その種子を一つ食べました。そして、蓮の種子が好きになりました。

この国では、中国のように種子を味わう風習をもちませんが、これは惜しい。

大賀博士の復活花でたしかめられたように、蓮の種子は、二千年経ったのちでも、あたらしく息づいて、みごとに花を咲かせる力をもっています。

梅、かぼちゃ、向日葵《ひまわり》、松……などの種子とともに、もっともっと人の身に吸収させてもらいたいものです。

紅花のやさしさ。白花のすがしさ。

清浄な、気高い蓮を、中国では「浄友」として崇敬しました。見る者の心を浄化する存在、ありがたい浄友なのです。

だからこそ、熱帯に仏教が育ちますと、仏教的極楽浄土の花と設定されたり、仏に蓮花《れんげ》座《ざ》がセットされたりしました。

人はきっと、蓮の花の上に坐って、蓮の花の揺れるいい匂いに包まれたら、どんなに素敵かと思ったのでしょう。

花びらも、種子も、根も、霊力ゆたか。

蓮が仏くさい花なのではなく、仏教が、うるわしい蓮の花をとりこみ、密着したのです。

『花の歳時記』（居初庫太著、淡交新社）に、こんな美しい蓮の別名がありました。

露玉草《つゆたまぐさ》、露堪草《つゆたえぐさ》。

あの、ひろひろとしなやかな蓮の絹ばりの大葉。いちめんの細かなうぶ毛で、雨が降っても濡れない葉の上を、水滴がころころころがって、玉をつくります。

水晶か、ガラスか。しかもそれは刻々に動き、蒸発し、また溜り、触れると、はらりとくだけて落ちる自在の水です。どこまでも透明な水滴です。花は美しい。葉も清い。そしてこのただの露のなんという透き通ったせかいでしょう。

灼熱の泥沼から生いいでた蓮は、このひとつゆで、天の光を帯びるのです。

精神科病棟（長島愛生園）の元婦長さんだった上田政子さんは、こう話されました。一般社会から差別されてきたハンセン病療養社会で、さらに偏見をもたれている精神科の患者さんたちのことを——。

「患者さんの純粋性というんでしょうか、蓮の葉の上にある清らかな水滴がありますが、あれですね」

悩み苦しみながらの看護人生であったにちがいありませんが、患者さん自体の苦悩に照らされますと、

「人間として、どの患者さんと話しても、ふかーい感じがしますね。相手を受け入れてくれる人たちなんです」

はかない露に、純粋の美が、たしかに実在します。きれいな表現が身にしみて、ふと、かなしいほどでした。

遅すぎる　早すぎる

昨年（一九八四年）の暮れもおしつまった二十七日夜、長島愛生園のF氏からおでんわがかかってきた。

「とうとう橋がかかります。ようやく長島架橋の予算が認められたんです」

おどっているような弾んだ声であった。F氏は愛知の寺の子息であったが、発病して愛生園へ入られてのちは、ふるさと遠く生きてこられた。

「それは……」

もちろん良かったと思う。けれど「良かった」と答えながら、一方でおさまらない気分になってくるのを、どうしようもない。なんという遅さであろう。なんと長い見棄てであったろう。

瀬戸内海に浮かぶ長島には、長島愛生園と邑久光明園《おくこうみょうえん》の二つのハンセン病療園がある。

昔より人数の少なくなった今日でも、合わせて約一六〇〇人の人びとが園生活を過ごしていらっしゃる。

四国寄りの海上に在る大島青松園とはちがって、長島は対岸の岡山県邑久町瀬溝まで、わずか三十メートル。だが、長い歳月、この短い海上を、人も物もいちいち船で往来してきた。

二年あまり前、わが家へたずねて下さったF氏に、「もうとっくに橋がついていると思っていました」といって、非情の認識不足をたしなめられた。

「まだなんです。十何年か訴えつづけているのですが、橋はつきません。絶対の隔離に病友を苦しめた強制収容時代のままで」

いつでも思いたった時に往来できる橋がほしい。「すぐそこ」の地へ結ばれるべき橋が、なぜ架けられぬ。いつしか、「人間回復の橋」と名付けて往来の自由を念願しつづけてきた人びとである。

暮れの国予算復活折衝で、初めて認められた長島への橋は、三年後の春に開通する予定だそうだ。

架橋を夢見ながら、あまりにも多くの病友が先立ってゆきました。長すぎました。そしてまだ三年もあります。平均年齢六十三歳の島の住人は、もう明日がわからないのであります。そして、また一人亡くなりました……。

Ｆ氏のお手紙に、遅すぎる架橋でもやはり喜び、書いているうちに、先立っていった人びとを思う悲しみに、胸ふさがれてゆかれる様子がみえる。

遅かった橋予算と対照的に、一月二十三日、文化都市京都の市議会は、古都保存協力税の四月実施をめざす補正予算を、委員会の審議ぬきで即日可決した。二年前、この条例を即日可決した時も、審議なしだった。

この非民主的な方法が、ふしぎだ。

いわゆる「審議ぬき強行」を当然とする体質は、国であれ、自治体であれ、民衆にとって恐ろしいものとなる。最初から市と寺との対立にすりかえられてしまったが、本来問うべきことが、おろそかにされているのではないか。

「市の財政の検討」

「観光者から古都税を徴収することの可否」

を、もっとていねいに討議されたいものだ。それからが、どうするかの案となるべきで。

遅すぎる悲しみと同じように、審議ぬきで早すぎるのも困る。

桟橋の少女

船が桟橋《さんばし》について改札口を出ると、背の高い美しい少女が一人、にこやかに近よってきた。けげんに思って立ちどまっているわたくしへ、島から同船した高松の主婦Tさんが、「うちの娘です」とおっしゃる。

「まあ……、なんてすがすがしい方なんでしょう。お子さまはおひとりですか？」

などと弾む。

中学生の少年と二人姉弟とか。お母さんが高校へでんわをかけて、放課後、桟橋へくるようにと言われたらしい。

「お休みの日だったら、いっしょに青松園へまいりましたのですが、今日は子どもたちが行けませんでしたので」

と、その少女を、わたくしに紹介してくださるのだった。

「癩《らい》」とよばれていた時代、まだ治癒する薬の無かった長い長い歳月、崩れゆく病苦にあえいでいた病者の悲劇は、思うだに胸がふさがる。

だが、もうハンセン病が完全に治癒する病気となってから、数十年経つ。心明るく島をたずねる。

最初に行った時は、若い女性たちといっしょで、「盲人会館」で歌を歌い合ったりしたものだが、やはり、直接に「逢う」「その場にたつ」というのは、すばらしいことだ。

見舞いにゆくのではない。力づけられにゆく。

そのことが、逢えば、ことんとわかる。

沖縄の愛楽園から十六名の方をわが家へ迎えた時も、助け手がいそいそ動かれた。その方が中学生の時、学校から団体で青松園へお見舞いに行ったことがある由。ただ一度の訪問でも、その体験は大きい。偏見からの解放がある。

しかし、入園者にはいまだに不自由がつきまとう。迎え入れるべき一般社会の心が、ぎくしゃく。バスで「ふるさとへの旅」をされても、なつかしの家族が歓迎するとばかりは限らない。それぞれの事情に、かえってさびしさの募る場合があるようだ。

癩癒えて　癒えざる心秋風に　　　　　　　　　　（『一所不動』）

「この句の作者、蓮井三佐男さんは、この娘が親にも先生にも言えない気持ちを訴える方なんです」

すさまじい不幸をこえ、魂をきたえてきた個性的な男性に、もろもろ綴った手紙を書く少女。力づよい伯父さんのように心うちあけるつき合いは、そう簡単につくられるものではない。

一家をあげて、いつも行動をともにするのがTさん家族の習慣で、広島へも、原爆の図展へも、とくに旅行の仰々しさはなく、さっとおとなう。また、ひとりで良いと思うことに出逢ったら、かならず家族共通の体験とされる由。

「いいことですねえ。でも、よくそれがおできになりますねえ」

両親と、二人のお子。同じような家庭はたくさんあるが、このように幼い時から長く療園を友としつづける家庭は少なかろう。

「いえね、どこへでも子どもを連れて行ってね。いっしょに世の中から学ぶんです。親がよう教えないことを、社会から直接に子へ教えてもらいます。下手に親が説明するより、すぐれた目や心がひらきますから」
お母さんの大きなお目に、微笑があふれた。

「全霊協宣言」

昨秋、広島へたつ時、二時間は読めると思って、枕元にうず高く並ぶ書物の森から一冊をぬきとって家を出た。

島比呂志著『海の沙《すな》』（明石書店）。

島氏（鹿児島県鹿屋《かのや》市《し》星塚敬愛園）は、全国のハンセン病療養所の仲間たちを規定、拘束している現行「らい予防法」の人権蹂躙《じゅうりん》に対して、異議を表現しつづけてきたお人だ。鮮烈な、根源からの問題提起。

いったい、ここはどこだ。「ここは日本か」と、うめき重ねて、なお放つ貴重の指摘が、わかりやすい文章で綴られている。

目の痛まぬうちに、と本を開いて、二、三頁で、考えてもいなかったすごい一文と出逢った。

全国国立癩療養所納骨堂ニ在籍スル諸氏ノ賛同ヲ得テ、ココニ全霊協発足ヲ宣言スル。全霊協ノ目的ハ、生前、癩患者ナルガ故ニ奪ワレテイタ人格ノ回復デアリ、ソレハ現存スル患者諸氏ノ人格回復ニヨッテ達セラル。

に始まる「全霊協宣言」は、わたくしも遠くその名を記憶する、木塚郁夫《きづかいくお》氏によって書かれたものだという。

木塚氏は、プロミン治療薬が出現して、無菌となった人びとに、治療退所の条文をもたない「憲法違反の殺人法」が、患者とその家族をいかに不当な状況におとしいれているかを憤り、同時に「昭和二十八年ノ予防法闘争」以後、「全癩協ハ予防法粉砕ヲ叫バズ、タダ金ヲクレ物ヲクレ」となり終わったことに失望する。

木塚氏は、この宣言文を持って納骨堂に入って、亡くなったとある。その木塚氏の成りゆきを、島氏は刻々の互いの事情、感情を、できるだけ冷静におさえながら、ときにむせぶような思いをもみせて、一巻を語られた。

「らい」「ハンセン病」というだけで、いまだに警戒心にこりかたまっている官、民。

長く沖縄愛楽園の園長だった犀川《さいかわ》一夫氏は、常々「らいは治る病気だ、一般社会のなかで働きながら在宅治療ができる。家族も、社会人も、行政も、病者の人権を大切に」と語り、具体的にそう行動し通してこられた。赴任されたばかりでお目にかかった時の、熱意にあふれた涙を、忘れることができない。

この人権意識乏しい国のもつ生者の人権宣言として、「水平社宣言」は「被差別からの解放」が「加差別側の解放」でもあると見定めた、格調高い内容だ。

木塚氏必死の「全霊協宣言」も、「現存スル患者諸氏ノ人格回復ニヨッテ」過去はかりしられぬ「非人霊」とされてきた、おびただしい死者の霊の「人格ノ回復」が成りたつとする、みごとな解放理念が明らかである。

宗教的な法事によって、霊がみたされるのではない。生者の人権確立が、霊の解放となるというのだ。木塚氏を死に追いやったのは、その真実の声を闇に沈めて、こだまを返さぬ社会のむなしさではなかったか。青松園（香川県）の友の歌。

足枷《かせ》のらい予防法をそのままに
滅びては惨めすぎはしないか
（政石《まさいし》 蒙《もう》）

自分の机

部屋。

自分ひとり、誰にも気兼ねのないひとりのせかいがほしいとは、病院や寮、ホームなど、共同生活に在る人びとの願いの一つでしょう。

小説『いのちの初夜』が文学界賞となり、社会に衝撃を与えた北条民雄作品は、その「ひとりになれない」部屋で書かれていました。

痛切に「一人の部屋」を求めている日記の次に、

ながい間待つていた机が、昨日出来た。友人のT・N君が作つた呉《く》れたものだ。出来たばかりの新しい白木も香《か》ぐはしい。中央からちよつと右によつた所に、黒い節《ふし》が一つある。小さな、けだものの眼のやうだ。

（『北条民雄全集 下』一九三五年日記六月六日の条）

とあって、「ああ、よかった」。書き机が、どんなに大切な力であり、孤の境界を守るものか、ことのほか机に支えられてきた者のひとりとして、涙ぐましくなります。

転地療養していた帝塚山《てづかやま》の借家で、ラジオから流れる朗読を聞いたのでした。「癩《らい》」とか「レプラ」とかいう言葉を初めて知り、その悲惨な当時の状況に、胸つまって立ちすくんでいた自分を、覚えています。

今日では、ハンセン病が完全治癒することを知っています。自由な交流が可能で、社会生活しながらの治療もできます。だのに、治癒すれば退所という一項をもたない不当な「らい予防法」がいまも廃棄されず、一般社会の偏見が陰惨にのこっているのを見聞きして、くやしくてなりません。

三・一五の闘いで獄にはいっていた「朝鮮人の金さん」が、

「個人の性格や苦悩や更に個性的な凡《すべ》てが否定されるやうな思想に満足できない」

と話した言葉も、北条氏は尊敬をもって紹介、机が出来たため、心が安定を得、そはそはしない。終日机の前に静かに坐つてゐるだけで、自分の胸は膨らんで来る。

と、翌日の日記に記しています。

一九三七年十二月五日、腸結核で逝ったその民雄の机よ。

他府県では、いまだに

沖縄には、本島に愛楽園、宮古島に南静園、二つのハンセン病療養所があります。

初めて沖縄の地を踏んだ一九六八年、辺戸《へど》岬《みさき》でのかがり火大会（北緯二十七度線で分断された日本への「復帰」を訴える）に参加する途中、愛楽園へ突然とびこんで、入園者の方がたとお話しました。

その時、園内をご案内下さった源《みなもと》さんという義足の男性が、ふとつまずいてよろけられた腕を支えたのがご縁で、亡くなられるまで、親しくしていただきました。その時からの友人が、いまもたくさんいて下さって、沖縄へゆくたびに、お顔を見にまいります。

こんどの訪れで、「沖縄との縁《えにし》」のテーマを与えられた那覇での話のうちに、その時の印象をも語りましたら、そのあと、姪に当たられる方が名乗りでて下さって、思わず涙してしまいました。面会にゆかれたときいて、どんなにお喜びだったかしらと。

お歌ものこっているそうです。苦しみのなかから生まれた胸うつ真実が、あいまいな虚飾社会を激しくうちます。

その愛楽園園長として赴任された犀川《さいかわ》一夫先生は、一九七二年五月、施政権返還の際、「本土の『らい予防法』を適用する」という日本政府の通達に、強く抗議されました。すでにハンセン病は、完全に治癒する病気となっています。ところが「らい予防法」には、療養所に入った人びとが、「治癒によって退所する」項目がないのです。そのため、一般にはなお病気への偏見がのこり、元患者さんたちの社会的な解放が法律的にとざされています。

米軍政の下では、在宅治療や、働きながら一般病院で治療することのできたそれまでの沖縄での状況が、「復帰」のために、非人権も甚だしい「らい予防法」を適用され、入園を強いられるなんて、とんでもないこと。

犀川先生は「患者の人権にとって絶対承服できない」と申し入れ、ついに沖縄の特例措置として、「復帰」後も、それまで通りの在宅治療が認められました。

それからもう十七年もたちますのに、他府県では、いまだにこの悪法「らい予防法」を廃止できていないなんて、どういうことでしょうね。

「夜の声」

四国の屋島《やしま》から瀬戸内海を眺めますと、すぐ目の下に青松園《せいしょうえん》のある大島が見えます。わたくしにとって大切な、心通う方がたがいてくださる美しい島から、盲人会誌『灯台』（一〇七号）が届きました。

午前三時目覚めて夜の声を聞く例へば風の渦なせる音　（吉田美枝子）

初めて訪れた島の船着き場で、この歌の作者のお手をとったのは、もう三十年近い昔となりましょうか。それ以来、何度かおたずねしているなつかしの友です。

仕事机にむかう深夜、何といっても昼の生活には寸時もとぎれない騒々しい音から離れた静けさがあります。

夜が夜でなくては、生物の自然は守られないでしょう。わたくしは、眠る間にも刻々と移ろう時刻が、野生の息吹を告げているのを感じます。

午前三時、いま、柱時計が三つ鳴りました。古いこの時計の音が聞こえないほど激しい風雨に、家全体の揺れる夜があり、温度か、湿度か、木造がみりみりときしむ夜もあります。けれど今夜は暴走音もなく、ただ、しんしんとして。

少女のころから、家族を離れて島に暮らすほかなかった美枝子人生と、この自分ということになっているひとりの女のわが人生が、それぞれ聞きとめてきた「夜の声」。

美枝子さん、いつか泊まりがけでお話をうかがいましたね。あわただしい町なかに暮らして、目に映る過剰な色彩にあやつられてか、「大切な魂の骨を失っている」わが正体に気づいた夜でした。

ハンセン病ゆえに、みるみる引離された重々の束縛と、病患のためお目が見えなくなった不自由。病の不幸を超えて、なおも誠実な純粋なあり方を求めておられる厳しい美しさに、胸をうたれたことです。

あ、鳥たちが鳴きだしました。

いつのまにか、もう、四時。午前四時になると、あたりが、生き物が、目覚めてきます。

鳥ばかりか、近くの犬が「ウウーン、ううーん」と、尾をながく曳《ひ》いた声をあげるんです。あれは、何を訴えているのかな。

暁《あかつき》の声、聞こえますか。

治る病気です

これまで、「それは何にも知らなかった」と、わが無知と偏見とにおどろくことが、何度もありました。今だって、先入観のまちがいに気づくことなく過ごしている場合が、どんなに多いかと思います。

たとえば、ハンセン病について。わたくしは三十数年前に、ご縁を得て療園をたずねて以来、園に多くの友人を得たおかげで、それまでの記録からは想像していなかった、明るい現状を知りました。

ハンセン病は、治る病気です。

発病しても、家族とともに暮らし、働きながら通院治療することができます。遺伝ではなく、結核菌よりもずっと感染力の弱い菌なのです。

戦後、プロミン剤出現によって、全国十三の療養所の入園者は、完全に治癒した人びとがほとんどを占めるようになりました。

ある方は、四十三年前に入って、十年間は治療を必要としたそうですが、十三年目には園外へ出られるようになったとのこと。しかし、すっかり治ったあとの三十年の人生も、社会の偏見と「治れば退所できる」という当然の退所規定をもたない「らい予防法」のため、園内で暮らしておられます。

「元患者」の人権はどこに。

三十数年前に、それまで「救癩《らい》の日」とよんでいた六月二十五日を「らいを正しく理解する日」と言い変えられたのですが、その協力をよびかける立場の厚生省自身、まちがいを是正する努力なく、現在もなお非科学的な「らい予防法」をそのままにしているなんて、「正しく」ありませんね。

およそ、いのちとか、人権とかを思う方がたに、ぜひ読んでいただきたい本が出ました。島比呂志著『らい予防法の改正を』（岩波ブックレット）です。

『奇妙な国』『海の沙《すな》』（明石書店）その他、数かずの著書で世の不条理をうちつづけてきた著者と、同じ思いの療友たち。もはや「予防法」はナンセンス。

後遺症になやむ身障の人びとを守り、一般病院での治療と健康保険の適用を可能とする

「らい福祉法」「保健法」が生まれるべき時期です。それは、わたくしたちの社会を暗いイメージから解放し、ともに自由をたのしむ喜びの力となりましょう。

伊奈教勝さんを悼む

岡山県の国立ハンセン病療養所、長島愛生園で病んでおられた伊奈教勝《いなきょうしょう》氏は、ここ五年ほどで、全国各地で二百回も講演されていた由。ハンセン病の語り部として、ハンセン病への偏見や差別の解消、「らい予防法」の不当性を訴え続けられた。心をこめてお話しされた疲れがおさまると、私は「これからこそ、ご活躍なのだ」と信じていた。

だが、一九九五年暮れの二十六日朝、逝去された。園では十月にも『次の冬』の詩人島田等《ひとし》氏を喪《うしな》っている。

ああ、こんなに待っているのに、こんなにせつなく願っているのに、不当極まりなく非人間的な「らい予防法」が廃止される前に、気高い魂がつぎつぎと消えてゆかれた。

伊奈さんから、つや子夫人連名の賀状が届いた。「頑張っています。病床にて」と添え書き。その頑張っていますをペンで消して、「お医者にまかせています」とある。そのお心をたどる。

学徒出陣で軍隊生活のうちに発病、敗戦後「らい予防法」の強制によって長島愛生園に収容された伊奈さんは、親鸞《しんらん》が流罪のときに使った藤井善信の名から信をとり、藤井善と名のった。

病菌の微弱を知って隔離に反対した医師もあったのに、国は隔離政策をとり、「不治、遺伝、血統」などという偏見差別を深めた。病となった人も、家族縁戚も、すさまじい不幸を強いられた社会である。

愛生園から、藤井善さんが、元総婦長だった上田政子さんといっしょに、美味《おい》しいアサリをもって来て下さったのは、一九八二年四月だった。上田さんは今も「藤井先生」とおっしゃり、「真実一路の真剣な方でした」と、園内での在りかたを伝えられる。

伊奈さんは、長島と本州との間の三十メートルの海に自由に渡れる橋を要求し、病気が完治しているのに差別をうけることを憤り、島内の真宗同朋会導使をつとめられた。自然なお人柄だった。

十四歳の時、結核療養の身となった私は、小川正子著の手記『小島の春』などで、ハンセン病の存在を知った。具体的にハンセン病療園を知ったのは三十数年前、香川県の大島青松園へ歌人の吉田美枝子さんをたずねた時だ。お目の見えないゆえの真実を率直に教えられ、生涯を貫く友人を数多く得る端緒となった。

敗戦後のプロミン剤によって、ハンセン病はどんどん治癒した。患者さんたちの決起、闘争。治療が普及して、ほとんどの人びとが完全治癒の喜びを得た。ところが家族関係は復活しない。お名も本名でなく、園での名前のまま。

誰だって病気になれば医者にかかる。入院もする。しかし、完治すれば退院するのが当然だ。ところが、堂々と退所して、好みの場所で家族とともに生活するのが困難なのだ。なぜか？

各療養所の元患者さんたちから「予防法廃止を！」の声があがったが、廃止したあとの保護福祉がまともに考えられていない。

「ハンセン病を特別の感染症と扱うべき根拠は、まったく存せず」と、日本らい学会は昨年（一九九五年）やっと、悪法廃止を求めてこなかった自らの怠慢を反省したが、遅い、遅い。他の弱者の場合と同じように、救済しないままの見殺しではないか。

かつて沖縄愛楽園の園長だった犀川《さいかわ》一夫氏は、施政権復帰と同時に厚生省へ「らい予防法」を沖縄県に適用しないよう要求された。それが実現し、沖縄では在宅治療ができる。それから二十四年もたつのに、他府県ではなお悪法拘束がつづくとは。

藤井善氏は、すばらしい出逢いを得られた。兵庫県市川町の光明寺、玉光順正《たまみつじゅんせい》住職だ。玉光氏は、ときどき愛生園へ法話にゆかれた。邑久《おく》島大橋がかけられた時、玉光氏は、

「島のあなたがたが人間回復されることで、とじこめる側にいた自分たちも人間性が回復される」

と話された。

藤井さんは八九年に本名、伊奈教勝を名のり、語りはじめられた。

甥の同朋大学教員中村薫さんは、叔父の本名宣言を知られる。夫人の真佐子さんと結ばれて、伊奈家から中村家へ入られた薫さんは、幼いころ祖母からきいた叔父の存在を心の奥に抱きつつ、黙してこられた。

すっくと名のった叔父の真実を受けて、家族に、そして社会に、明らかにして苦しみ悩みを超えてゆかれる。薫、真佐子ご夫妻をめぐる肉親、友人、隣人、同僚たちも理解の輪を広げた。めざめだ。

人間としての愛。解放は、お互い自分自身の自由なのだ。みんなの喜びなのだ。

「らい予防法」を温存してきた一般社会のわれわれは憤りを自分にむけ、悪法がまだ存在することを恥じる。

いま、伊奈さんが明快なお声で訴える「隔離からの解放」講演のテープをきいている。思えば社会、世界のなかにさまざまな「隔離」がある。すべての隔離からの解放を、光としたい願いだ。

「風の舞い」

散りさざんか

■きよらかな純白

曇っている。夕暮である。

大きな木の下は、こんもりとした茂みのかげをうつして、いっそう暗い。

凹凸窠詩仙堂《おうとつかしせんどう》の書院にすわって、うす暗い庭に目を凝らせている人びとの数は、案外に多い。こんな天候で、こんな時刻なのに……。

庭前はきれいに目をつけて掃き清められている。その庭土にいちめんの白い散りさざんか。これは、毎朝、きちんと清められるのだろう。今日いちにちに散った花びらばかりなのにちがいない、降りたって、その上を踏むことは許されていないが、遠目からもあざやかに白い。

この間、菊づくりの名人のお家で、見事な鉢の間を逍遥させてもらったとき、その一鉢ごとに銘のちがう美しい菊の大輪にもまして胸に迫ったのが、庭の隅に咲いていた白さざんかの花であった。

「この、さざんかの白って、ほんとにきれいな白ね。深い色ですね」

あんまりきれいな、深い白なので目が痛いと思うくらいであった。菊の間にたっているうちに、その日もあたりはみるみるたそがれて、そのなかに「富士が嶺」と名付けられているというそのさざんかの白が、あざやかに浮きのこっていた。闇のなかに消え惜しむ、きよらかな純白ぶりであった。

人びとが畳の上にくつろいで、あまり話し合わずに、じっと庭をみつめているのは、みているうちに、ひらり、はたりと、白い花びらが舞い散ってくるからである。今度はどのあたりから散るのかしらと、梢《こずえ》を見あげていても、なかなかに落ちてこない。ふと目をそらした途端に、かすかな音をたてて土に着く。

軒端《のきば》にかかる大さざんかの木で、まだ蕾《つぼみ》もあるのに、その一本だけで、ぐるりと広く散《さん》華《げ》の文様が描かれるのだ。小さな築山《つきやま》にも点々とふりかかっている。白然に咲き、そして咲きこぼれた花びらの絵である。

たれしも、その髪の上に、肩に、背に、木を離れて土に着くまでの清浄な花びらをとまらせたいと願い、足の裏に、やわらかな散り花びらを感じて歩いてみたいと思うことだろう。それをさせないで、ただ、散る道中を眺めさせているのはよい。

手にとれないで、踏めないで、いつ散るかわからない花びらを待つ心は、花よりも花。この、おびただしい行楽の人びとに踏まれては、たちまち、あとかたもなくなるわずかな花びらだ。めったにもう、花の散るのを息をひそめて待つようなひとときを、私たちは恵まれなくなっている。

うす暗い畳の上から、暗い庭を透かせて眺めていて、ひらひらと落ちる一片の白い花びらをみて心足ろう瞬間の、一座に漂う一種の敬虔な気配……。

■散る花を待つ

花は咲けば散るのだ。その花の色はただの白。そして花の名はさざんか。

さざんかを大切にするのは、ままごと遊びの女の子くらい。おとなたちは、さざんかなんて……と、花のうちにもいれないような粗末な扱いをしがちである。道ばたのさざんかのいけ垣なんか、まるで紙くずでもみるように無感動になった目でみやる毎日の生活は、どこへいってしまったのか。

この、居合わせた人びとの息をつめて散り花びらを待つ厳粛なほどの姿勢は、思いがけないものだった。時間的にも空間的にも恵まれていた古い時代の人たちは、小さくてもそれぞれの庭に花咲く木を植え、その散る姿に見入ることができていただろう。いまはその余裕がない。散る花に甘えて、べたついている余裕がないのはさわやかだが、この、散る花を待つ感動も、ちっともめそめそしたものではなかった。それがたいそう、ありありと現代の感情を意識させる。

いまは抒情も集団で味わわねば、ひとりでないといや、などといっていると、どこへもゆけない。集団で、個人のためにつくられた庭にはいって、そのよさを鑑賞する。そして、そのとき居合わせた人たちのかもしだす雰囲気のなかで、自分自身をもみつけ出さねばならない。そしておのずから、自然と人間との対照をみ、人間どうしの影響をみる。集団のなかでの感覚が、ほんとうに自己のものかどうかをたしかめるのにも、よい機会だ。

花の散るのを惜しんでみている気配は、みじんもない。いのちの限界に深刻になっているわけでもないと思う。歌や句を考えている人も、そんなに多くはないだろう。ほとんどはカメラを持った、気軽な観光客なのに、やはり、たずねてきた先で、散りつづく白さざんかにじっと対《むか》う場を与えられたことは、心しずまる喜びなのであろう。

■見えない悲しみ

ともかく、視界に汚ないものがありすぎる。苦しいもの、いやなものを見ないでは生きてゆけない毎日なのだ。わずか地上百五十センチ内外の目の高さから、転じて、大きく空を仰ぐことさえ、じつに少ない毎日である。その、限られた目のゆくところに、ほんとに安心して美しいとみることのできるものが、どんなに少ないことか。まったく、生き疲れは、この視界の貧しさからもやってくる。

「目が見えるっていうのは、どんなこと」

あどけなくたずねる目の見えない幼な子に、どう答えるすべがあるのだろう。目の見えない人には、目の見えることの意味がわからない。それを説明するすべはない。ああっと、わが見える目のきしむ思いのする問いである。

ほんとうに、目が見えるというのは、どういうことなのだろう。ものの形が、そして色彩が、動きが、はっきりとたしかめられるということか。手で触っても絶対にわからないのは色彩。ものの形は、じっくり触れることができればよく認識できるだろうけれど、動きはどうしても、手で確かめるわけにはゆかない。そして、動きほど、ものの正体を示すものはない。

それを思うと、目の見えない人の深い悲しみが、よくわかるような気がする。目の見える者であっても、ちょっと角度がかわると、全然見えなかったり、印象に大きなちがいを感じたりするのだから、まして見えぬということは、どんなにもどかしいことだろう。

その反面に、触覚や聴覚は発達して、見える者には感じとれない声の色や、触覚を通じての直感の判断がすぐれているとはいえようが、ハンセン病のためには、手足の触覚がまひしている上、目が見えなくなった人が多いのである。

少女の頃に発病して療養所にはいったある女性が「点字を、わずかに感覚ののこっている舌で判読する」とお便り下さったとき、私は異常な恐怖を覚えたものだった。あの小さな粒の文字を、舌で読んでゆくとは、なんとわずらわしいせかいなのだろう。目の不自由な人に、ハンセン病で目が不自由になった人の悲しみを語ると、晴眼者にはみられない同情の深さをみせられるのも、触覚を奪われた上、目が見えないことが、どのようにつらいものかを、とっさに身にしみて恐怖されるからにちがいない。

その不自由な起居の人たちの住む離れ島からくる機関誌をみていると、この人たちのよろこびは、病院食以外に、おうどんを煮て食べることというのが、じつによくでてくる。北条民雄著『いのちの初夜』の頃とは、治療法も病院の経営方法も、うんと進歩して、明るいハンセン病社会になってきているはずだけれど、たどたどしい手でうどんを煮て食べる、あるいは食べさせてもらう素朴なよろこびは、いまもかわらないらしい。

失明した当座は、誰に対しても素直な気持になれなかった、自分なんかどうなってもいいのだと思って、黒い、いんきな服しか身につける気がしなかった。けれど、ある日、面会にきた母が、否応なくその黒い服をぬがせて、きれいなぴんくだという仕立おろしの服をきせてくれたとき、ふわっと、やわらかな匂いがして、身体が軽くなったように思った、自分はもう、見ることはできないけれど、その私を見る人はいる、私を見なければならない人のためにも、明るく美しい服を着ていようと、それから素直に、きれいな色の服を着るようになった……。

■真実へのねたみ

通信をいただくようになってからの数年、いつも、その女性が、どういうふうに発病し、どういうふうにして現在までこられたかを、率直に書いて下さい、療養所内の矛盾や問題点をも書いて下さい、怒りも喜びもみんな書いて下さい、それはただ、ハンセン病の人のためばかりではなく、一般社会の私たちの心を叩くためにも、と頼みつづけている。

けれど、なかなか、その不自由な身体では、すべてが人だのみ。点字をうつことも、思うようにはできにくいのだ。

しかしその女性が、療養所内で結婚して、夫君と夫婦舎に住んでいらっしゃると知ったとき、私は真剣に嫉妬している自分を発見した。これにはまったく、驚き呆れた。あんまり思いがけなくて、自分で自分に何度も念をおし直したのだったが、正直、本気で嫉妬している自分を、どうしようもなかった。

ずいぶん、仲のよいご夫婦をみても、口でこそ「まあ羨ましい」といってはいるものの、そんな、胸をえぐられるような嫉妬なぞ、感じはしていない。ときにはその仲のよさに、演出されたいや味をさえ意識して、うんざりしていることもある。何事にも「夫婦の味」をもったり押しだされると、そのえげつなさに、ふと顔をそむけたくなるほどなのだ。

もちろん、若い美しい恋人どうしに、心からの微笑をもち、縁あって結婚してゆく一対には、心からの祝福をおくることは、なんのつとめ心でもない。皺がれた老人夫婦が、むき合ってお汁粉をすすっている美しさをみて、夫婦の間にのみ通じる黙の時間の清らかさに涙ぐみ、世帯づくり、子育てに懸命な中年夫妻の努力に、敬意を持つのも自然なのだ。

私は、自分がひとりでいるさびしさをかこって、結婚生活を送っている人に、すねた気持でいたわけではない。それどころか、結婚のなかのかなしみを知るゆえに、いっそう存在している結婚のすべてを、幸福なものであれかしと、祈る心でいた。

娘のころから、自分が結婚することより、お友だちにいい人がみつかるように助力することの方がうれしかった中途半端な女だから、長い自業自得の辛酸を経て、やっと「子どももほしくなくなった、結婚も考えなくなった」今の境地を、たいそう自由なものだとよろこんでいたのだ。

「あなたはひとりで十分、豊かにあふれた心でいられるのだから、ちっとも可哀想だとは思わないわ」

と、親身なお友だちもいっていたのに。

いったい、どうしてこんなに、心からの嫉妬を意識したのであろう。ふつうの人の社会で生活することを許されない運命の人。触覚も視覚も失われた女性と、同病者であるその夫君との結婚生活を、こんなに激しく嫉妬するなんて……。私の知っているいままでの私ならば、他のご夫婦への祝福にもまして、よろこび深く「よかったよかった」と思うのが、あたりまえであるはずなのだ。

ねたましい。

これは、ハンセン病者に対する健康者の抱くコンプレックスなのであろうか。自分の知らない境地への、あこがれなのであろうか。ふつう人どうしには到底想像もできない不自由な夫婦生活ゆえに、キラめくであろう真実に対する、その真実へのねたみであろうか。そうにちがいない。ご本人にきいてみれば、あるいはハンセン病社会のご夫婦にきいてみれば、案外、そんな真実を気にもとめない現実としてしか、受け取ってはいらっしゃらないのだろうけれども。私には、ほとんどの感覚を失った、外観の美しくない人間になおのこされた、健康人社会から疎外された者どうしの結婚のスピリットに、猛烈な嫉妬を覚えたのだ。

視界はない。

触感もない。

しかし、療養所内に洗濯機がたった一台しかないことを怒り、患者が水を安心して使えない水の悪さ、乏しさを怒り、病者が病者を看護していよいよ病気を悪化させてゆく現状に、地だんだ踏んで怒っている健康な精神の人たちだ。きものもきせてもらい、食べものもほとんど食べさせてもらう悲しい現実のなかから、怒りをほとばしらせている正しい人たちなのだ。

その、スピリットの美しさに、なんともいえない、自分の愛の生活の貧しさを感じさせられたのだ。いろんなものに気をまぎらわせ、たくさんの異性に慰めを得ることのできる一般社会の一員として、煮こみうどんをする以外に、なんのたのしみもない人びとの結婚をねたまねばいられぬこの私の貧しさ。

彼の人たちは、一生、この庭の面のそばにやってくることはできないだろう。それでも、いま、こうして白い花びらにむかってすわっている私よりも、白い、きれいな花のふる感じを味わう瞬間は、たしかにあるだろう。

■心に散りつもるものは

起伏の多い庭には、うまく小さな流れをつくってある。丈山《じょうざん》の考案で、はじめてつくられたという獣《けもの》おどしの装置、水をうけた竹筒がときどき、パタン、カタンと音をたてる。ししおどしの異名をもつ添水《そうず》である。

静寂を愛する人は、静寂が、すこしの音をもったとき、いっそう深くしずもることを知っている。静寂の中で、静寂をうむ音といおうか。丈山は詩を案じながら、この音をたのしんできいたことだろう。

庭の残月軒は、簡素な建物で、その前にあるとくさの根を、ちろちろ小さな流れが通っている。紅葉のまっ盛りで、白さざんかとは正反対の鮮烈な紅楓《かえで》の林がある。

私はどうもまだ、紅葉を愛する心になれてはいない。紅葉よりも、黄葉の方がずっと好もしい。あざやかな紅は血潮を連想させ、美しいというより、なにかいやらしい気がするのである。

この宿のあるじ、石川丈山は、一生、妻を持たなかったそうである。どういう理由で妻をめとらなかったのか知らないが、その母への孝養は、女性崇敬にはつながらなかったらしい。母はどこまでも母であって、女性ではない扱いが、丈山を母大切の女性蔑視にさせたのであろうか。母の偉大さに、かえって女性に魅力を感じなくなったのか。あるいは女性を不潔視して、同性のちぎりを尊しとしたのであろうか。

「自分は礼記にあるように、婦人の手に死なないのを本望とする」

などと、女性われらにまったくうれしくないことを言っている。儒学の大家なんて、人間を奇妙にひずませ、女性を人間視しない、いやなところがあるものだ。それも当時は、それゆえにこそ大した人物よと、もてはやされたのだ。

先日のケネディ大統領の唐突の死に、唯一のすくいは彼が夫人の膝の上で倒れたことだった。夫人の目の前で殺されるなんて、残酷だといえば残酷だが、もしも夫人が離れている間のできごとだったとしたら、それこそ、どちらもやり切れなかっただろう。

とくに、あとに生きのこらざるをえなかった夫人は、そのとき居合わせなかったら、その無念さは一生切ない心のこりとなっただろう。

外国の女性の態度は、日本女性の卑屈さにくらべて立派だといわれるが、それは男性が立派だからであろう。女性を人間として待遇する人間男性のいるところ、女性はしゃんとした人間になってゆくことができる。人間扱いにされえなかった過去の女性たちは、そのスケールを忍耐と信従の、ネガチーヴの偉大さとしてしか、ひろめえられなかった。

この庭に、女人を佇《た》たせることなんて、考えもしていなかった作りぬしの意に反して、明るい笑い声をたてて若い女性たちが、どんどんはいってくる。そして、やっと晴れてきた夕茜《あかね》の遠い光を受けて、すこしあかりだった庭を歩きまわる。それも、あの白い散りさざんかの前では、ふしぎにきれいに息をのんで、たまたまであうことのできたこの白い空間を、ひとつ心に大切にするようだ。

花びらのそりに、濃い影がそって、はだざむい夕刻になってきた。散りさざんかは、人びとがみんないなくなってしまったあとも、夜の庭に、ほさ、ほさと散りつづけることであろう。

そして、私の心に散りつもるのは、いったいなに。

法華寺

■雨期のなかで

「ぜひいちど……」と、心にかけながら、いつも何かと心ぜきな思いに、その門前を通りすごして十数回。ご縁があるようで、なかなか参入できなかった法華寺《ほっけじ》であった。

それが、ひとたびうかがいはじめると、何度も、その門をくぐることになる。まだ、しんかんと、凍てつくようだった早春のころから、五月のはじめ、七月の初旬と、いったずねてもひっそりと、きめこまやかな気配である。

今年の、冷たい春、冷たい夏の、天候異変は、七月にはいっても、紅いつつじの花を、咲きのこしていた。一か月の余も降りつづいた長雨。それも、しとしと降る、梅雨らしい雨ではなく、ときに豪雨、ときに雷雨、いっそ、猛雨とでもいいたいほどの雨をたびたびまじえて、連日連夜の雨つづきであった。

七月のはじめに訪れたときには、どっぷり満ちている雨気のなかにも、ときおり白い光のさしてくる晴れ間があって、門内の砂利土を踏む下駄が、さりさりと音をたてる。一年中でもっとも、不快指数の高い雨期、動きの不自由な雨期は、いわゆる「観光」シーズンではない。人の訪れは、まことに少ない。

東門からはいって、蘇鉄《そてつ》の植わっている本堂の前にたつ。池、といっても、とくべつな風情がそなわっているわけではないし、あたりは、からんとした空間である。蘇鉄は、この本堂の再建された慶長六（一六〇一）年、植えられたものではないだろうか。秀吉ごのみの蘇鉄だし、この本堂は、秀吉亡きあと淀君の寄進した建物なのだ。

慶長六年辛巳九月法華滅罪寺講堂御建立、秀頼公御母堂豊臣氏女、奉行片桐市正且元

と、銘されているとか。四脚の南門も同時の建造である。

東大寺、転害門《てがい》をま西へ、一条通りのつきあたりにある法華寺は、もとは藤原不比等《ふひと》の

邸宅であったといい、広大な平城京の東北の位置を占めている。創建当初は、こんな、小規模のものではなく、総国分尼寺であるにふさわしい大伽藍《がらん》だったにちがいない。それは、総国分寺である東大寺と、東西呼応する壮麗さであったことだろう。

案内は、中門をくぐって、書院をたずねて乞う。この、中門をはいってすぐの、石畳の道が、とてもいい。右手に松が一列に並び、左にはぽつんと、凹みに水をたたえた石があるだけ。何かの礎石ででもあったのだろうか、つくばいらしくつわぶきの緑の葉が、ぬれぬれと青みを添えて、この一点は、きれいに利いている。ちょうど、華道道場の前の植込みに、純白の鉄線蓮《てっせんれん》の花が、びっしりと咲いていた。

鉄線、などという字をみると、いがいがの有刺鉄線を連想して、いかつい感じがする。なぜ、こんな繊麗の花に、そのような名が名づけられたのかと、惜しい気持だ。むしろ、名も知れぬ花としてみるほうが、よほどあえかな印象である。

■暗さのなかの荘厳

さすがに、尼寺。

すっきりと整頓がゆき届いていて、足もとからかおりが匂いたつように、すがすがしい。

俗界女人の、わがなまぐささが空気をざわめかす。

暗いお厨子《ずし》の前にたって、とばりのなかを見あげる。お顔が、幕の陰になっていて、はっきりとは見わけがたい。光のあたる下半身の、むっちりと愛らしい手足が、まず、親しい表情で目に入る。たいそう美しい表情の手足をもつ仏像は、多くあるけれども、この十一面観世音のようにあどけない、まるまっちい指の表情は少ない。また、蓮の芯を、踏みだそうとして、反《そ》っている足の親指も稚《おさ》なじみている。思わず、手をさしのべたくなるような、人間的な感情が、にじみ出ている。

長い間、写真でばかり、その美貌に見入ってきたお顔を、よく仰ぐ。やはり、平面的な写真では味わいえない奥行が、重厚な深みをみせている。高さ一メートル、白檀《びゃくだん》の一木造で、両腕、天衣、台座までが一本だそうだ。これは、りっぱな美しさである。大きな懐中電灯が、拝観の便に供えて、前に用意してある。暗いなかで、じゅうぶん、その深い眉目を仰ぎみてから、そっと灯をつけて照らしだす。

お唇が、灰かに紅であることはわかっていたが、髪が群青《ぐんじょう》であることは、照らしてみてやっとわかる。緑の髪の豊かな生えぎわ、くっきり、高くひかれた眉、切れ長の目。どちらかというと、この小さなお顔には、分厚く大きなお唇だが、それが、まことに華麗な生命感に息づいている。手足と同質の、なま身を思わせるお唇である。

ふっと、灯を消してみる。

暗い。

けれども、美しい。

暗いほうが、ずっと美しい。

「よくわかる」灯のもとの美しさ。たしかに、よくみえないよりは、みえたほうが、その美しい構成を認識できて、ずっといい。けれど、いったん、そのたたずまいを、心に焼きつけたからには、自然の採光にまかせて、影曳《ひ》く深い暗さのなかで仰ぐ美しさのほうが、いっそう、すばらしいものに思える。この暗さのなかの重みには、よくできている存在のみに感じられる荘厳さがある。

あの、三月堂内陣の、暗さ。

暗さのなかの荘厳。

やはり、本体がりっぱであって、はじめてその暗さが美しく生きる。貧弱な存在は暗ければ消えてしまう。ただ、暗ければよいというのではない。

それに、光背《こうはい》がまた、独特のものである。

よく、造像当時の光背が、失われたり損じたりして、後補のものを使われている場合がある。その後補のピカピカ無神経な光背で、せっかくのりっぱさ、美しさをみすみすそこなわれている仏像がじつに多い。無理に光背をつくらないで、失われたまま、その背を素直にみせている姿のほうが、よほど余韻をのこすのにと、残念な場合が多いのだ。

この、観音像の、蓮の光背は、心にくいまでに洗練された感覚である。本体を中心に、蓮の茎が、まるで後光の放射線のように放たれている。それも、幾何学的な味気ない形ではなく、一本一本、必然性に裏打ちされている、心の通った自然の茎である。その茎に支えられた蓮の蕾《つぼみ》の固さ、広葉よりも、巻葉や、フチの巻きかかった葉のほうが多いのにも、清潔でシャープな感覚が貫ぬかれている。

■生身の観世音

すぐれて洗練された、風格の高い光背を保って、なるほど、一点として「いうところなき」みごとなご本尊である。「すばらしい方だなあ……」と、仰ぐたびに、あらためてそう思う。

ひじょうに長い右の手も、かえって、そうでなくてはならぬ優婉さの源であるかのように素直に流れている。嵯峨天皇の檀林《だんりん》皇后も、絶世の美貌に恵まれた女性で、たいそう、お手が長かったとか。だから、作像の年代が、平安初期のゆえもあって、この御像は、檀林皇后をうつしたものだという説が、あるという。

すでに衆知の伝説ではあるが、この名作の刻り手は渡日の仏師問答師で、光明《こうみょう》皇后をうつしたものだといわれている。

昔、インドの犍駄《けんだ》羅国（ガンダーラ）の国王が、なんとかして、生きている観世音菩薩を拝みたいと願っていた。現世的な物質界には、満足するほかはない国王、ぜいたくにも、生身の仏をみたいと願ったのだ。

そして、祈り籠ったあげく、とうとう、

「生身の観世音をみんとならば、東の日本国、聖武《しょうむ》王の正后光明子をみよ」

と告げられた。王は、あまりに遠い日本なので、自分の代りに、仏師問答師を遣わして、光明子の姿をうつすように命じる。いのちがけの苦難を経て、やっと日本にたどりついた問答師は、光明皇后に懇願し、池の端を散策する皇后の姿をみて、その姿をそのまま、三体の像に刻したという。そのうちの一体が、この十一面観世音像だと、いい伝えられている。

藤原不比等と、県犬養宿禰《あがたいぬかいのすくね》橘《たちばなの》三千代との間に産まれた娘、それは、天地の祝福を一身に集めたような、みごとな人間の花であったのは事実であろう。その夫たる聖武天皇も、同じ不比等の娘、美貌のきこえ高い宮子を母にしている。きっと、光明子と並べて似合いの美丈夫だったにちがいない。

おそらく……藤原一族の見えすいた策略に、皇族側の抵抗、反藤原の氏族たちの反感をも超えて、その人間的な魅力は豊かで、皇后たるにふさわしい気高さにも恵まれていたのであろう。いくら策謀や宣伝といっても、それにぜんぜん価しない内容の実体ならば、その強制に力がなく、たちまちうすれてしまったであろうから。

この伝説のような、強烈な光明子賛歌の、受け入れられるほどの美貌だったればこそ、藤原一族のホープとなりえたのだ。叔母と甥との結婚も、また綏靖《すいぜい》天皇を引き合いにだすなら、やはりその美貌をめでてのことか、生母媛蹈鞴五十鈴媛命《ひめたたらいすずひめのみこと》の妹、五十鈴依媛命《いすずよりひめのみこと》を皇后にしている。その美しさ、人柄、教養のほどが心にかなえば、濃い血縁のものほど、身内の結束の固まる気がしていたのかもしれない。いまの法律や、通念や、科学的危険などから考えると、とんでもないことのように思われるけれども。

■時代の転変とともに

光明皇后の創建、淀君の再建。

後世の今日にいたるまで、美貌の女性として名高い人びとのゆかりを受けて、いまの久我高照門主《もんしゅ》も、瞳深く澄みきった、美しい方である。代々、皇族、あるいは摂家の女性を門跡に迎える、格式高い門跡尼寺も、時代の転変に洗われ、われわれの参入が許される。因襲のおおかたはほろびゆくので、自由さを感じられていいこともあるだろうし、その反面、俗世との接触が多くなって、またちがった心の使いようで、気のはる思いをなさることもあるだろう。

まだ十四歳のときにこの寺にはいられて、三十年、どのようにかめまぐるしかった時代の歴史とともにの変遷ではなかったか。

「インドのネール首相が、日本へこられたとき、こちらへみえて、とてもおよろこびでした。『法華寺にまいって、いちばん、寺へきたという感じがした。雰囲気がとてもいい。そしてじつにすばらしい仏さまだ』と、とても敬虔な態度で、礼拝していらっしゃいました。あの伝説を裏づけるように『インド彫刻の特長の一部があらわれている。ガンダーラの仏師がきざんだというのも、ほんとうかもしれない』とおっしゃって」

白い衣に、紫の衣布《ひふ》。それも、季節によってその生地がかわり、七月には麻や紗《しゃ》の涼しげなご様子で、しっとりと話される。

ネール首相や、インディラ嬢の、謙虚な態度にくらべて、取材の記者のなかに、ずかずかと立ち入る無礼の人のあるのが目だったそうである。

奥書院の襖《ふすま》は、大柄の裏菊と、牡丹《ぼたん》文である。部屋ごとに、挿したばかりと思われる新鮮な花ばなが、活けられている。お寺、というよりは、明るくはなやいだ御所の趣がある。前庭や中庭などにつづいて、やさしい形の土橋のかかった池、大ぶりの印象的な飛石、ほどよき築山をもった品のいい庭がみえている。でも一般の鑑賞にはひらかれていないので、降りたつことはさしひかえる。

■からだのほろびに反比例して

「五月におあいしたとき、青松園へゆくといっておいででしたが、いかがでした」

「あ、いってまいりました。とてもなつかしい方たちがいらっしゃるので、帰るのがつらい気持になります。たのしくて、うれしくて、時間も忘れてお話したくなるものですから。それに、すぐれた精神の方たちとお話していますと、私など、自分の五体完全なのが、かえってとてもきたなく思われましてね。ここまで、自分のからだのほろびをみつめて、しかも、堂々とそれにうちかって、これだけの精神力で生きてゆくことができるものか……と、人間存在のすばらしい可能性に頭がさがります。一般社会の『いいかっこ』というものが、どんなにいやしいものか、そのきたならしさを、つきつけられるような、恥ずかしさを感じますの。私は盲人会の皆さんとお話し合いますけれど、門主さまがおいでになったときは、どのようになさるのでしょう」

この前、ご門主が、各地へ慰問旅行をなさるのが例だとうかがった。ハンセン病療養所である、大島の青松園にもゆくとおっしゃったので、思わず、近くたずねる予定であることをお話したのだった。

これも名高きエピソード、光明皇后が千人の垢《あか》を流そうという悲願をたてて、おふろをつくり、九百九十九人の垢を落とした。最後の一人というときにあらわれたのは、崩れただれた癩《らい》病者で、「この膿《うみ》を人の口で吸ってもらわなければ、病気はよくならない」という。皇后は、ためらいながらも覚悟をすえて、他言をいましめながら、その病者のはだに唇をあて、膿を吸うと、病者は、たちまち光を放つ金色の仏となったという物語は、これまた、光明皇后をしていよいよ光明させる伝説であるが、とくにハンセン病療養園に慰問をつづけられるというのも、その伝説からきた伝統になっているのだろう。
岩波写真文庫の『離された園』というルポには、元宮様の一行が、畳じきの挿花展示場に、土足のままあがっている写真をのせている。こういうお成りが、はたして病者の魂を力づけたり、慰めたりするであろうかと、その土足の下に踏まれたような心の痛みで、見守らずにはいられなかった。せめて、新しいスリッパでもはかれていたのなら、こんなに胸苦しく思うこともなかっただろうが。

療園にいって、病者の、人間としての心身のいたみの深さと、だからこそ激しくするどい生への希望を、強く共感していらい、まことに話の早く通じ合う、たいせつな仲間としての尊敬を禁ずることができない。

日々、さまざまな性格の病者の在りように、その面倒をみる園側の方たちの努力や疲れもよくわかる。ハンセン病に対する、無知、無関心、差別心の大きい一般人にむかっての腹立たしさ、「患者を甘えさせるのではなく、ほんとの友情できびしくむかってもらいたい」と、いわれるのも同感である。

けれど、私の話し合った限りにおいて、こんな美しい人びとがあったのかという感動は、最初からいままで、かわることがない。いや、話し合えば話し合うほどに、からだのほろびに反比例して、もえあがる精神の活動に目をみはる思いがつのるばかりだ。もう、いわゆる常識的な「美しさ」とは絶縁してしまった人たちである。心のくさった人でも、からだの美しさによって、厚遇される社会を離れ、外側に美しさを装いようもない状態で生きてゆくのだから、それだけ、精神の美醜が、はっきりとしてしまう。

人間として、耐えること、闘うことのもっとも困難な自分の外貌の変貌、失明、手足の不自由、感覚の麻痺。

■たがいの連帯感

ベトナム戦争をはじめ、世界的なできごとも、国内のさまざまの事件や事故の悲惨も、自分のこととして考えてほしいと、いわでものことをいったら、すぐに、戦争でサイゴンへいったことのある男性が、話しだされる。

「サイゴンは美しい町でね。ほんとに、あんないい町がどうなっているかと思いますね」戦争で人を殺して、その武勲を賞して勲章を授けられた人が、祝賀の宴の間じゅう、黙々として憂鬱そうだったという。「何か手柄話をきかせるように、みんな、それを知りたがっているのだから」とすすめられると、泣くように「それだけは許してくれ。自分としては、人殺しをしたことが、どうにも心重く、忘れよう忘れようとしているのだから」と、お酒ばかり、ぐいぐいのんでいたという話。

美しい環境だからといって、その美しさに逃避したり、慰められたりしているわけにはゆかぬ不幸がある。サイゴンがどんなに美しくても、戦争の手が血に染んでサイゴンをつかまえている。

青松園は、まことに松の美しい清らかな環境であるが、その美しさをよろこぶ心は、同時に、この療養所のなかの不幸を、ひとつひとつなくしてゆく方向に動く心でなくてはならぬ。人間の不幸（それは病気にせよ、戦争にせよ、社会の矛盾にせよ、人間の悪意にせよ）を拒否し、あくまでそれと闘う心でなくてはならない。美に敏感であることは、美意識を左右する精神の在り方に敏感なことであろう。

いわゆる「美」の、目にみえる「美」の要素のすべてを失わざるをえなかったこの人びとのなかに、洗われたような清潔さ、純粋な美しさ、きらめく勇気をみて、心うるおう私。想像している間のほうがずっと苦しかったが、さて、逢ってみると、とたんにただうれしさばかりになってしまった。すべてにどこか無気力で、生きた反応の少ない「幸福人」にくらべて、いきいき生きて意欲しているみごとな精神にぶつかって、激しい歓喜を覚えるのだ。

「私がどろんこにまみれ、誰も相手にしなくなっても、あの人たちだけは、きっと私を信じてあたたかく仲間にしてくださる……話が通じる……。でもそれは、こちらが助かることで、青松園の方たちにとっては迷惑なことでしょうけれども」

といったとき、

「ああ、それがわかっているの。青松園をたずねることが、あなた自身の助かる、厚かましいことだということが……」

と了解してくださった方があった。それがわかっているのならいいと、許されたようである。

第三者に許されても、私自身は、自分のいい気さを許してはならない。また、こちらが、ハンセン病者に、病者だからという甘えや特権意識を棄ててほしいと願うように、きびしい批判の目をもっている青松園の仲間は、私のなかに、どうしても許しがたい非ハンセン病者のごうまんを感じられるかもしれない。だが、私が病者でないのは、一種の偶然のようなもの。あるいは、明日にでも発病しないとも限らない。「離された園」の形はとっていても、たがいの連帯感は離されてはならないのだ。

■社会の在りようとの闘い

「全快しても、社会復帰ができない方がたくさんあるんですって。お気の毒ですね。でも、ほんとに、患者さんの数は減りましたね。とくに、子どもの発病が少なくなって、子どもたちを見かける療養所が、とても減りました」

数かずの療養所をまわっていらっしゃるだけあって、療養所の事情にはおくわしい。プロミン剤の出現によって、うんと良くなってきて全快者もでている。だが後遺症のために社会復帰がはばまれているのだ。全快者ばかりで何かを生産する工場をつくって、一般の社会生活にたち戻れるようなことはできないものか……と思う。

「どういうことから、仏門におはいりになりましたの」

「べつに……なんということもなく、なにか幼いころから仏縁があったのでしょうね。こういったほうに心がむいておりまして……ごく自然に」

色でも、白や黒などがもともとお好きだったときく。そして紫の被布に包まれるご一生を、よろこびとしていらっしゃる。おそばの尼さんたちにおききしても、まことに清らかな、潔癖なご性格で、仏さま、お寺のために熱心な奉仕をなさる、尼僧としてりっぱな方だといわれる。

いまは西大寺派真言律宗の法華寺。朝夕のおつとめ、来客の相手や慰問のための外出、法要のおつとめ、夜には犬御守の絵付けや、点訳奉仕会の仕事、歌や書きものをなさったり、忙しいご日常らしい。しっかりした尼さんたちが、心を合わせて守っていらっしゃる様子が、気持がいい。

ただ、尼僧を志す若い女性がないのが、将来についての心細い思いになっているようだ。ときおり、女学生などで、門主さまの写真や法華寺の記事をよんだりして、あこがれて「尼僧になりたい」といってくる人もあるようだが、昔とはちがって、ごくふつうの修業でさえ、たとえば、お掃除ひとつさえ、できにくいらしい。間もなくやめてしまうとのこと。

「髪をおろす、というのが、とても苦痛のようでございます。でも、尼となりますには、髪をおろすのが何よりたいせつで、有髪、というのは、どうも、迷いが多くて無理ですね」

と、やはりここに三十年をすごされる小柄の方がおっしゃる。ご出家とはいっても、ほとんどが結婚している男性の僧。尼僧の結婚はとおたずねしたら、

「それではべつに尼僧になる必要がありません」

と、毅然《きぜん》としたお返事だった。

二十五、六歳のころに、すこし、もやもやと割りきれぬ思いをもって悩まれたそうだが、

それがすぎると、あとは静かな気持だといわれる。ともかく、あとつぎの尼僧のないのは、どちらの尼寺でも大問題である。

孤児をもらったらという話もでるけれど、その孤児が、成長して「なぜ尼にした」と、うらみ心を持つようでは困るし、寺内にのみいるのならばまだしも、一般の学校へ通えば、周囲の人びとからの知恵で、かならず尼僧の運命には従ってゆけない思いになるだろうし……素直に尼僧になろうという気持の人も、簡単に修業からは脱落するし、と、これはこれからの社会と尼僧との関連を考えさせる、課題のひとつであろう。

光明皇后は、施薬院《せやくいん》、悲田院《ひでんいん》をつくって、社会福祉事業の先鞭をつけたが、社会福祉関係の仕事をしたい心の女性たちは、もう尼僧にならないで、直接、苦しんでいる人びとのために働くだろう。また求道《ぐどう》の精神の激しい女性ほど、現実の苦難の現場にとびこんで、そこによき道を、切りひらいてゆく努力をするだろう。自分の失恋や孤独や不本意をも、出家という形で解決するよりも、社会的な仕事のなかで再生し、さらに大きな可能性への用意とする姿勢になってきた。

苦しむ人びとを慰め助けるために働くことは、人間を苦しめるような社会の在りようとも闘うことだ。人間の力でどう避けようもない苦悩……生老病死や、人間関係、感情や、能力的相違など……を、お互いに、人間的に味わい、克服するためにも、人間の努力で可能な社会体制の改善は、すすめなくてはならない。

信仰のあるなしにかかわらず、女性の理想は、寺にはいって尼僧生活をするといった形式とは無縁になってゆく。だから、よほど情緒的に、寺や尼僧生活を好みとして、そのなかに自分を置くよろこびを感じる人でないと、尼僧になる決心が、つきにくいのではないだろうか。

■無常感に吸収され

あの、純白の鉄線蓮が、ご本尊の前はもとよりのこと、堂内に安置されている諸像の前に、献じられていた。暗さのなかに、目にしみいる白さである。

向かって右奥の隅に、恵心僧都《えしんそうず》作とされている聖徳太子の二歳像が二体、並んでいる。一体に綸子《りんず》、一体には縮緬《ちりめん》のきものが着せかけてある。女心に包まれた感じで、微笑ましい。

女心といえば、建礼門院《けんれいもんいん》の雑仕《ぞうし》、横笛の紙子《かみこ》の像がある。雑仕というのは、雑役下仕えの女官。その、下働きの横笛の美しさや、よき人となりを熱愛したのが重盛に仕えた侍斎藤滝口時頼である。ところが前途有為の若き息子が、数ならぬ身分の女を最愛しているのを、時頼の父、茂頼《もちより》は無念がって縁を切らせようとする。権力者の娘の婿《むこ》にして出世させたいと願っていたのだ。

時頼は十九。

西王母《せいわうぼ》と聞えし人、昔は有て今は無し。東方朔《とうほうさく》と云し者も、名をのみ聞て目には見ず。老少不定の世の中、石火の光に異ならず。縦《たとひ》人長命《ひとちやうみやう》といへども、七十八十をば過《すぎ》ず、其中《そのうち》に身の栄んなる事は、僅《わづか》に廿余年也。夢幻《ゆめまぼろし》の世の中に、醜《みにく》きものを、片時《かたとき》も見て何かせん。思はしき者を見《み》んとすれば、父の命《めい》を背《そむ》くに似《に》たり。是善知識《これぜんちしき》也。しかじ浮世《うきよ》を厭《いと》ひ、実《まこと》の道に入《いり》なん。

生きているわずかな時間を思うと、すこしでもたくさん愛し合いたい愛《いと》しい女との縁なのに、それが父に対する不孝になるという。そんなつまらぬ世のなかならば、いっそ、すべての恩愛を去ろうと、心を決めてしまう。時頼にしてみれば、心にもない女とは、いかに立身出世のためにでも結ばれたくはない。この世の立身がなんであろう。真実いとしく思う者の顔もみられないようで、なんのよろこびがあるだろう……。

閨閥《けいばつ》で立場をかためようとする、いやしき心情の男性たちには、考えてもらいたい心意気である。もちろん、そんないやしい気持からではなく、そういう結果になる結びつきを困りながらも、あえて、結婚せずにはいられない女性を見いだすこともあるが。つまりは心の問題だ。

時頼は、せっかくの心意気に殉じて、父に不孝という形になっても、横笛を愛しつづければよかったのに。それを、当時の忠孝の意識、さらにそれよりも大きな無常観に吸収されてしまったのが、残念な気がする。世は無常なるがゆえに、愛しきる徹底が得がたい真実なのだ。

■横笛の心あわれ

若い身空で出家して、嵯峨に念誦《ねんじゅ》の明け暮れをおくる滝口入道を、横笛は思い迫ってたずねてくる。あちこちとたずねさがして、やっとその庵《いおり》の前にたどりつく。だが、入道は「飽《あか》で別れし女」に逢って心乱れるのをおそれて「全く是にさる人なし。門違《かどちがへ》でぞあらむ」といわせてかえしてしまう。

横笛は、そのままその門前の土の上で、いのち果ててしまいたい悲しさ、心細さであったろう。それを健気に立ち去って、法華寺に入って剃髪する。が、時頼に愛されながらも別れてしまったさびしさ、彼を慕う心の苦しさに身をいためて、まもなくはかなくなってしまう。愛すれば愛するほどに、この世の無常を感じてむなしがった当時の遁世《とんせい》の気風が、この小像にこもっている。

横笛堂が荒廃しているので、ご本尊阿弥陀如来とともに、本堂内にひきとられている。だが、すっかりぼろけて、むざんなありさまだ。尼僧となってからも、思いきられぬ時頼への慕わしさを、あてない便りを書くように書きつづけている横笛だった。けれど、あるいはそのことさえ、つきせぬ涙の種となり、煩悩となっていたのだろう、自分で自分をつき放すような決心で、書くことをやめる。

その文殻で自像をつくったといわれるのが、小像の由来である。しかしあるいは、横笛が短いいのちを終えたあと、のこされていた時頼思慕の文を読んだ周囲の人びとが、彼女の心あわれとして、この小像をつくったのではないかとも思う。自分でやめれば、虚空《こくう》に燃やして灰にしてしまうのが、自然な連想ではないだろうか。いずれにもせよ、うつむいたうなじの細さに、恋がいのちの重荷であることを、いじらしく思わせられる。彼女が出家したのも、時頼への恋の贈物、恋の答えであったのだから。

左手の奥には、法華寺創建当初の本尊であったという、如来の仏頭《ぶっとう》を中心に、梵天《ぼんてん》、帝釈天《たいしゃくてん》の仏頭がある。丈六《じょうろく》はあるらしい如来像を、想像してみる。三体とも、天平の造像で、よくできている。とくに、白、黒、朱の色彩ののこっている梵天、帝釈天は、すっきりとした眉目《びもく》である。開基光明皇后の合掌を受けた像なのだ。

また、インドの大富豪で在家の仏教者であった維摩居士《ゆいまこじ》の肖像がある。木心乾漆。同じ天平の名作唐招提寺《とうしょうだいじ》の鑑真《がんじん》像を、深く静かなる肖像というならば、この維摩像は、はなはだ意欲的な表情の名作であろう。白灰色にしずんではいるが、極彩色をもって描かれ、維《ゆい》摩会《まえ》の本尊であったらしい。出家するにも出家できない仏教信者たちにとっての、理想人であり、仏弟子にとっても、僧たることにつきまとう狭い観念から解脱《げだつ》した理想境に在る人だったのだ。

■手づくりの犬御守

「安産お守り」の「犬御守」の、極小をひとつわけていただく。この、豆粒ほどの犬も、尼さんたちの丹精によって、法華寺でつくられている。昼間は来客や拝観者の応待に手をとられるため、土をねる作業は夜が主になる。こねた土を適当な大きさにのばして四肢をはり、首を押し、小さなしっぽをつけてゆく。竹べらで穴をあけると、それがみるみる愛らしい目や口になるから、おもしろい。

これも、光明皇后が護摩供養《ごまくよう》をして、そのあとの灰に、境内の土をまぜてつくり、諸人の災厄を払う祈禱をこめて、人に授けたのが最初だそうだ。代々の門主は、その風習どおりに自らも練り、また、彩色をして、いまにいたるも、古い時代そのままの作法が伝わっている。寺に暮らす尼僧たちも、みんなが当然それを見習って、熟練した手つきである。

「ごふしんのときにみますと、やはり粘土のような土でしたから、昔はここの土でつくったのだと思います。いまは、赤膚焼の五条山の土をわけてもらっていますけれど。お犬の香合は、五条山で焼いてもらうので、あまりたくさんつくれません」

手は休まずに、つぎつぎと愛らしい犬御守を生みだしてゆく。粘土の乾かないよう、濡れた布でまいて、その大、中、小とつくりわけてゆく呼吸は、堂に入ったものである。小さいのだけは若い人でないと、目が無理だという。

形がつくられると、それを乾かせ、彩色である。にかわでといた胡粉《ごふん》を二度ぬって、雲母《うんも》のギラの上にころばせる。そして紅や緑など、他の色の彩色で仕あがるのである。

このごろは観光客もふえたし、郷土玩具といった形の紹介があったりして「もっと量産すればよいのに……」という声があるという。けれども、ひとつひとつ、手でつくり、手塩にかけてつくりあげて仏前にまつるので、心がこもるのだ。味わいも深いのだ。「べつに、たくさんつくるのがいいというだけのものではありませんので」とかたくなに、手仕事の線を守っていらっしゃる。賛成である。

■秘仏のみずみずしさ

辞去する前のしばらくをまた、十一面観世音の前にたつ。

細かく流れた髪の先にまで、力がほとばしっている。その目を見あげると伏せ目の、白地のなかの黒い瞳に、こちらもじっとみられている。無言の威の備わった、艶麗の目もとである。長い長い日本歴史の転変を、とばりの内で秘められたまま、過ごしてきた御像である。「秘仏」ときくと「何もそんなに惜しまないで、みせてくだされぱよいのに」「そのであいから受けた感慨で、新しく人の心や感覚のひらかれるご縁もあるのに」などと、不服に思いがちだけれど、この、御像のどこといって傷みのないみずみずしい状態は、長年、秘仏であったからこそ、保たれたものだといえよう。

秘されている存在への、なんということもないあこがれ。秘されるほどにたいせつに守られている存在への崇敬。精神の屈折は、一般の目に常時さらされているものより、秘されて、みることのかなわぬもののほうに、より深い関心を持たせられる。それも、未知なるもの、近づきえないものを、なんとかして見さだめたいと願う、当然の感情であろう。

そうした感情を、むざむざ価値なきものへのあこがれに使ってはならないと、自分のなかのあこがれ心をいましめているけれど、先祖たちがただ、あこがれるばかりで目にみることの許されなかった美しき存在を、いま、まさ目にみているという感慨はある。いつかも、甲山《かぶと》神呪《かんのう》寺の秘仏如意輪像を、年に一回、諸人にひらくだけでも、

「なんだか、美しい大事なものがこわれるような気がして。みすみす、減るような気がして苦しくて」

それでも、これだけの美しい御像なのだから、ひとりでも多くの人に拝んでもらいたい……との二つの気持に板ばさみのご住職の言葉を、そういうものかとうなずいたことがあった。

保存という点に重きをおくならば、秘するにこしたことはない。けれど、一般への愛の接触に、ほろびを早めるのもまた、存在のもつ意義でも、責任でもあるといえる。科学的な配慮をすすめて、公開と保存とが、両立するように考えてゆくべきなのだろう。

■安らかな世はかなわぬか

平城京をもおそった天平九年の悪疫によって、藤原の四兄弟、武智麿、房前《ふささき》、宇合《うまかい》、麻呂はあっけなく死んでしまう。光明子と母を同じくする橘諸兄《もろえ》が重任され、玄昉《げんぼう》とともに、海外から帰ってきた学者、吉備真備《きびのまきび》の意見が通り、宮廷の空気は、藤原色をまったく脱して一変してしまう。

天平十（七三九）年、こういう人びとのすすめもあったのであろう、諸国に国分寺および国分尼寺をつくるようにという詔がくだった。これは、宗教活動というより、まさしく政治的官庁の役に似た寺である。組織的に中央の権力強化をはかったのだし、仏教を厚く信ずる天皇、皇后は、各地でまつる仏の力で、安らかに治まる世を心から願い、夢みたのだ。

ところが、こういった政策に批判的な人びとも当然多くいる。心に不満を抱きながらも、事勿《ことなか》れ主義をとっている者とはちがって、宇合の子、藤原広嗣は、玄昉を憎んで九州へ左遷されてしまう。再三、側近の奸《かん》、玄昉、真備をしりぞけるよう、天皇に要請したが、きき入れられず、ついに兵をあげる。これは、聖武帝にとって災厄につぐ災厄であった。根底からくず折れそうな不安と困惑、どうしてよいのか途方に暮れているといったぐあいで、伊勢や、近江や、恭仁《くに》をまわり、平城京へは還《かえ》らない。そのまま、恭仁に新京をつくるのである。

あれだけの人力と費用をかけてつくった平城京も、相つぐ悲惨の悪疫や事件に、すっかりいや気がさしたようだ。

しかし、いかに遷都が気分をかえるとはいっても、死者おびただしかった疫病流行のすぐあとである。国分二寺の建築労力、九州反乱を鎮圧におもむく防人《さきもり》徴発、そしてまた恭仁京造営……。

そのうえに、大仏造像の大詔となるのである。その大仏は、出先の紫香楽宮《しがらきのみや》につくられようというありさま。そうしながら難波《なにわ》にも都づくりをする。その重々の出費、人心人力の混乱疲弊は、想像以上のものがあっただろう。

そして広嗣の乱以来、五年もつづいた流浪から、やっと平城京に戻った聖武天皇は、大仏をこの地で造ることにする。またしても藤原一族の勢力が伸長、藤原仲麻呂（のちの恵美押勝）の手で、玄昉は九州へ左遷され、やがて殺されてしまう。『広益俗説弁』（井澤蟠龍子著）は、玄昉が光明子との間に、一子をなしているとする。『大和奈良記』『日本後紀』にその由、記載ありとして。

さきに宮子との間をとやかくいわれ、また光明子との間をもとやかくいわれる玄昉は、よくよくの実力者だったのであろう。このスキャンダルの一子、というのが、秋篠寺の開基「善珠僧正」であるとされているが、このあたりの真偽は、ドラマティックな虚構のなかに包含されている。その暗殺された玄昉の首を埋めたのが、いまも石仏で知られている「頭塔」だという。

■法華寺本来の姿

七四九年、聖武天皇は、皇太子阿倍内親王に位をゆずって、孝謙女帝の時代となる。そして、未曽有《みぞう》の大仏開眼の盛儀。やがて、孝謙天皇と、寵臣藤原仲麻呂対、橘奈良麻呂（諸兄の息）大伴、佐伯ら反・藤原の氏族の闘争が起こる。仲麻呂は自分に忠実ならざる者を奈良麻呂の反乱に乗じて、すっかりとりのぞいてしまった。孝謙天皇から淳仁《じゅんにん》天皇に形ばかりの譲位があったとき、仲麻呂は恵美押勝という特別の愛称をさずけられ、二年のちには太政大臣の官位を得る。女帝の、手ばなしの愛情である。

だが、その仲麻呂も、光明皇太后の死によって、大きな力を失う。なんといっても、聖武、光明の間にたいせつにされて育った孝謙上皇の強引な行動は、新しく道鏡を得て仲麻呂にはつらくなってくる。そのころ、孝謙上皇は、この法華寺に暮らしていた。

三十二歳になって、独身の女帝となった孝謙女帝には、なんとなく、かわいそうさが感じられる。あまりに大いなる魅力の人、光明子を母としたため、かえって息苦しいロボット期間が長かったのではないか。ロボットとしてのなかで、真実の、なまの声を呼び叫ぶような形で、男たちを愛したのではないか。

仲麻呂はやがて専横、謀反のかどで討手を受けて死んでしまう。淳仁帝もあっさり廃され、孝謙上皇は重祚《ちょうそ》、称徳天皇になる。

道鏡に法王を名のらせ、すべてに法王の徳を賛美して道鏡をひきたてる。そして、ついにあの、天位にからまる宇佐八幡の神託事件が起こる。

称徳天皇は道鏡に天皇と同等の待遇をしている。しかも天皇自身が、道鏡に献身的な愛情をもって仕えているようだから、実質的には天皇以上の存在といえたのであろう。とくべつな背景があって昇進したのではないから、道鏡と孝謙上皇とは、ふしぎなであいである。道鏡は、孝謙上皇の栄光と権力のなかに秘められている孤独を、よく察して、いたわることのできた男なのかもしれない。

それにしても「道鏡を天皇にすれば国は安泰であろう」と告げる宇佐八幡の神告には、

いくら、称徳天皇の道鏡寵を見なれている宮廷人も、おどろきあきれたことであろう。
しかし、反・道鏡の人びとの結束によって、和気広虫《わけのひろむし》、清麻呂《きよまろ》の返奏は道鏡の望みを消し、やがて、称徳女帝の死とともに、道鏡も追われてしまう。法華寺あとから、孝謙上皇の住まいしていたことを裏づける木簡が、発掘されているから、法華寺は政治的な実権を持つ御所ともなっていたのである。

その後は、法華寺は当時の貴族の子女の修行道場として、本来の尼寺の使命をとり戻したことであろう。光明皇后の浴室は、その後も貧者や病者をゆあみさせる湯気をたてることができていたのであろうか。いま、敷地内に建っている、からふろは、室町時代の遺構だという。

あまり大きいものではなく、数人で満員の感じがするが、それは、水槽のない蒸風呂になっている。ぎいとその戸をあけて、なかにはいってみる。わりに近い時代まで、実際使用していたときくが、あまり楽しい印象ではなく、どこか、いんさんな気がする。長年、使われぬものにたまってくるおりの空気のせいだろうか。それとも、あまりに小さな粗末な浴室だったからであろうか。湯気のいっぱいにこもったなかへ、はいるような、いきづまる思いがした。

青松

■松の墓標

ほの、と、うすく紅を帯びたあけぼののいろが、空にも、海にもやわらかく流れる。

午前四時五十分、おだやかな瀬戸内海の夜航を終えて、高松桟橋に降りたった。すがすがしく、むしろはだ冷たいほどの初夏の朝である。

めざす大島への連絡船は九時出航だという。一年前には、栗林《りつりん》公園を散歩して時間を待ったが、このたびは屋島《やしま》へのぼろう。日盛りとなれば人出も多いにちがいないが、この早朝では、気持のいい散策ができるのにちがいない。

高松は、松の美しいところだ。栗林公園は背景になっている紫雲山《しうんざん》松林をひきついで、立派な松が多い。よく手を加えた、風雅な松がいたるところにみられる。松の木を、とくに意識にのぼらせたのは、幼きころ小学校の遠足で、どこかの浜辺で遊んでからだと思う。

松林がえんえんとつづいていて、友だちとかくれんぼをしたり、鬼ごっこをしたりした。そのとき、松葉をからみ合わせてたがいにひき、バラバラになると負けになった松葉相撲《すもう》を覚えたのだが、はじめて、二本の青い針をもつ、松葉というものの形としてのおもしろさをも、心にとどめた。

三葉の松葉もあるし、五葉の松もあるが、なんといっても二針の葉のさわやかな感覚はいい。

さまざまな植物の、葉の形をだけしらべていっても、ずいぶん意表外な自然の造形ぶりがみられるであろう。天然のV字、松葉はすぐれてシャープな美しさなのだ。

日本では古くから、松を千古不易《せんこふえき》なるものの象徴のように尊び、大切にしてきた。北は北海道の南部から、南は九州に至るまで、松は日本の山野にみちみちている。すらりとのびたアカマツの幹の美しさ、そのそばに生じる松茸のよき味。クロマツは海辺に、海風に耐えて見事な松林をつくってきた。長い海岸線をもつこの国では、松林が自然の防風防波の役を、果たしもしたのであろう。

ところがその堂々たるクロマツを、そのままにのこしている浜辺らしい浜辺が、まことに少なくなった。味気ない防波堤が白く高くつづいて、海辺にまでも人家がたてこむ、大阪から堺、岸和田方面の埋め立てなど、海、というもののイメージを変革してしまった。

「名も青松園ですが、ほんとにいい松の浜辺ですね。今度は、松の美しい季節にゆきたいものです」

「松の美しい時期とたずねられて、はたして、いつが美しいのかと迷ってしまいました。年中、松の中に囲まれて暮しているため、松の美しい時期がわからなくなったなんて、恥ずかしくなります。梅雨の頃は、熱発で、好きではありませんが、いつの松にも愛着を覚えます」

瀬戸内海に散在する緑の島々のひとつ。高松から、三、四十分船にのってたどりつく大島には、明治四十二（一九〇九）年四月一日に設立されたハンセン病療養所がある。それはすばらしい松林の浜辺をもつ、いい島の雰囲気で、はじめてたずねたとき、思いがけなく忘れかけていた日本の自然の浜辺にめぐりあったような気がしたのだ。

もちろん、ほかにもよき渚はあるだろうけれど、こんなに美しい白砂青松の境地だったら、たちまち観光資本の手につかまえられて、いずこも同じ演出に毒されてしまうことだろう。その点、いまも昔ながらの、素直な浜が「放置されて」いるうれしさは、不幸ゆえの幸福の部分といえるかもしれない。

ハンセン病者の不幸を思えば、その離れ島の松が美しいなどというのはどうかしていると、いう人はあるだろう。その不幸は、いまさらいうまでもない。けれど、この青松のただ中に暮していて、松の美しさを味わおうとしないのでは残念だし、意識するか、意識しないかはべつとして、この松によってどんなにか心養われ、松の香りに洗われて、よろこび多く過していらっしゃるか、わからないと思う。おたがいに不幸は不幸として自覚した方がよいと同じように、よろこびもまた、よろこびとして大切にしたいのだ。

■古戦場に胸せまる

屋島は、朝ぼらけの瀬戸内海を見はるかす絶好の高台である。内海航路では、すぐ退屈してしまうほど愛らしい風景がつづくのだが、女木島《めぎ》に鬼ヶ島の伝説ののこるのにも、あたりの風景のなだらかさに比しては、潮の満干による流れの早さに、案外、きびしいものがあるのだろう。屋島はまた、源平合戦の古戦場である。

義経がわずかの手勢で討ちかけたのを、当時は、高松とは浅瀬だが水面で切り離されていた八島の館にいた平家一門が「敵襲ならばきっと大軍だろう」と思いこんで、あわてて船にのり漕ぎ出してしまう。このため、義経は絶対の優利を得たのだ。八島の館を焼き、小勢の味方をできるだけ大勢にみせるくふうをする。

義経を射殺そうとする能登守《のとのかみ》教経《のりつね》の矢を、かわりにうけて倒れる佐藤嗣信《つぐのぶ》、例の扇の的を射る那須与一《なすのよいち》「尫弱《おうじゃく》たる弓」を敵にとられて「これこそ源氏の大将九郎義経が弓よ」と笑われるのが口惜しさに、とり流した弓を危険をおかして拾った義経のありようなど、談《だん》古嶺《これい》あたりから見おろす入江のどの岸辺も、源平の将士の動きのあとを、濃密に物語っている。

なんといっても、生きるか死ぬるか、源平の興亡を賭けた戦場で、扇の一齣はまことに優雅な春のたそがれの点景である。暮れなんとして暮れなずむ春の海上に、戦いを一応終ってひいた平家方の船の中から、小船が一艘、陸にむかってすすんでくる。何かの使者か、あるいは計りごとか、源氏方はやや緊張してそれを迎えたろう。

その緊張をふとほぐして、柳の五衣《いつつぎぬ》に紅《くれない》の袴《はかま》、若く美しき女人がひとり、紅地日の丸の扇をたてたそばによりそって、うち招く。想像するだにあでやかな風情である。若冠二十歳ばかしの与一は、敵味方の注視を一身に集めて海中に馬をのり入れる、いのちがけの扇の的である。

……与一鏑《かぶら》を取《と》て番《つが》ひ、よ引いてひやうと放つ。小兵《こひやう》と云ふぢやう十二束三伏《ふせ》、弓は強《つよ》し、浦響《うらひび》く程長鳴《ながなり》して、あやまたず扇の要際《かなめぎわ》一寸許置いて、ひふつとぞ射切《いき》たる。鏑《かぶら》は海へ入ければ、扇は空《そら》へぞ挙《あが》りける。暫《しばし》は虚空《こくう》に閃《ひら》めきけるが、春風に一もみ二もみもまれて、海へさとぞ散《ち》たりける。夕日の輝《かがや》いたるに皆紅《みなくれなゐ》の扇《あふぎ》の日出《いだ》したるが白波の上に漂《ただよ》ひ、浮《うき》ぬ沈《しづみ》ぬゆられければ、沖《おき》には平家ふなばたを扣《たたい》て感《かん》じたり。陸《くが》には源氏箙《えびら》を扣《たたい》てどよめきけり。

（『平家物語』岩波文庫）

いけないのは、この次に展開される源氏の無風流だ。

この見事な扇の射とめかたをみて感に堪えなかったのであろう、その扇のたっていたところへ五十歳ほどの男がでてきて舞った。黒革縅《くろかわおどし》の鎧に白柄《しらえ》の長刀《なぎなた》の武具をつけたまま、同じ武人としての祝福を与一におくり、よき業をみることのできたよろこびを、敵なればという枠を越えて、率直に表現したのだ。

この、敵の武人からの祝福を素直に受け入れ、同じく舞うか謡うかしてよろこび返すだけの余裕がなかったのであろうか、まさか、そうしたたしなみが何もない源氏とも思われないのに、伊勢三郎義盛が与一のうしろにきて「御諚《ごじょう》ぞ、仕《つかまつ》れ」という。

与一はたちまち、自分を賞めて舞っていた敵ゆえ、さらにゆかしい男を、射殺してしまう。いやな感じ、である。

■生きものとして仲よく

この、屋島の戦いで、死んだ平家の将士の屍が、大島の渚に流れついたという。なるほど、さもあろう、湾の入口にあたるところだ。浜辺に屍を埋め、それに標《しるし》の松を植えた。だから、すばらしい松林を「墓標の松」と、いまもなお、言い伝えられているのである。

青松園へこられて、もう四十年になるときく園長野島泰治《のじまたいじ》博士は、人一倍この島の青松を愛されているようだ。まだほんとうに初々しい若者のころから、ハンセン病にまともにとりくまれたありがたいお人だと思う。小柄なお顔に比して、たいそう大きなお手が印象にのこる。

「それが、刀剣をうでにかかえるようにしている人骨でしてね。推定によると二十歳から二十五歳くらいまでの六尺ゆたかな大きな骨格なんですよ。やはり、平家の戦死者……という考え方はできますね。骨も、松の根がはびこって、四散しているのではないかという気がします。それは、実際にその時植えた松があるとすると、七百八十年たっているわけですけれど、はたして、そんな樹齢の木がのこっているかどうかは疑問ですけれどもね」

しかし、三、四百年の樹齢は年輪によって数えられる木があり、その太さからみて、そのときの松だと言えないわけでもないような、太さの松もあるのですよといわれる。

西日のさしこむ暑い園長室の一隅のガラスケースに、ボロボロに朽ちて赤茶にさびた刀剣や、歯を含む人骨などが、納められている。若武者の死は、いつの時代も胸せまるあわれである。

大観恩怨本来空
仏性何分西又東
一帯青松春已老
幽魂恰弔落花風喝

山田無文《むもん》老師の色紙も、そばに陳列されていた。

大切にとはいっても、むざんに切り倒すよりしようがない病虫害にかかる場合も多い。松枯葉蛾《まつかれはが》の幼虫・松毛虫は、あの針葉をいともうまそうに食べてしまうそうだ。たしかに、よきエキスを含んでいるにちがいない、仙なる味である。

松の実なんて、これは落花生よりも気品高くおいしい。人間が貴重視して食べる。松食虫とひとくちに総称されるマツノトビイ・カミキリだのマツノキクイムシなどは、幹にあなをあけて木の皮と中身との間を食いあらす。果物でも、皮と身の間が美味なのだといわれるから、そこがいちばん、おいしいところなのであろうか。

須磨、舞子など、枝ぶりのいい松に恵まれていたところも、伐採と松食虫の両方で、すっかり傷んでしまった。

木が、生きものであることを考えると、やはり生きものとして、ともどもに人間も仲よく生かされてゆきたい。青松を守るのは、ただ松を守るということではなく、松とともに存在しているわれらを大切にすることである。松食虫におそわれたら、ともかく木の皮をはいで、虫のついている皮の方を焼いてしまう。あとにまっ白に防虫剤をふきつけてあるのを、松林でみることがある。

害虫にとっての天敵昆虫だといわれるアリモドキカッコウムシ、ムネアカアリモドキカッコウムシなどを育てるようなこともするらしいが、それは相当大がかりでとりくんでいる場合であろう。不意をうって立ち枯れてゆく松の木は、惜しむ間もなく、いそぎ焼き払うのがいちばんよいのらしい。

みるみるうちの別れということが、木との間にも、動物との間にもある。突然のどうしようもない別れになるからこそ、ふだんからその価値を知ってつき合っておきたい。

■みかえりの松

開所と同時に入所したたと、にこやかに語っていらした老女があったが、そのころの島はどんなに原始的な状態であったろう。いまは世間衆知のように、プロミン剤の出現によって、完全治癒も可能だ。すっきりと清潔で、一般社会からみると、うらやましいような安息感さえある。

島の峠のような小さな尾根に、四国八十八カ所を石仏でつくってある。東から、西から、海風が松をゆさぶり、私たちをなぶってゆく。若い松林で、この石仏は、もっと以前は方々に散在していたのだそうだ。たとえば海につきでたところを足摺岬に模したりして、八十八カ所を全部回るのは、相当な散歩道になったという。

けれども、だんだん周囲に各宗教団体の堂や、住いの棟や、会館のようなものやら施設がふえて、この峠に追いつめられてきた。甚だつつましくきれいに行列して、もはや八十八カ所めぐりをする人さえ、少ない様子である。

いまは、頭を下げる人もあまりないような感じだけれど、それは、それだけ不幸が少なくなったということでもある。

昔、この石仏が島の各地に散在していたとき、この石仏群は、どんなに答えられないするどい祈りをうけていたことであろう。ラジオやテレビができてきてよかった。プロミン剤の革命的な効果によって、全額国庫負担の保障によって、北条民雄、明石海人《あかしかいじん》時代の雰囲気は消えてしまった。

この島でも収容定員八百六十人なのだが、いまは六百人ほどの入園者であるようだ。そのうち七十パーセントは無菌者で、社会復帰したくてもできないから、在園といったところとか。まだまだ行き届かぬところは多いにしても、日本のハンセン病は、急速に救われてきた。そのうちに一般社会との交流はもっともっと自然になり、調和してゆくことだろう。

しかし、この病気のつらさは、たとえ病気が治っても、いったん変化した形がもとにもどらないところにある。

あの戦争は、戦前からの入園者たちをひどい目にあわせた。それまで指一本を失うのに一年といわれた常識をはずして、防空壕掘りや食糧自給の耕作などによって、あっという間にすべてを、ひどく悪くしてしまっている。

「戦争になればいちばん先に捨てられる」と身をもって知っている人たちだから、人間の不幸の本質がなんであるかに敏感である。一般社会でのできごとや、世界の動きに対して、やはりひとりの人間仲間として積極的に参加したいという願いと、無力感とが交錯するらしい。

離されている位置のためということで、自分から離れないでほしい。自分の不幸とたたかうだけではなく、他者の不幸をも自分の問題にすることから逃げないでもらいたい。一般人の思いもおよばない悲痛の境地に直面した人たちだけに、仲間としての信頼を深く持つ。

この美しき松を、しかし、どうしても美しくは思えない心でいる時期があるはずだ。「ここへ来てからよりも、来るまでの方がずっと苦しかった」という方もあるが、ケースワーカーである海老沼健次氏のお話では、新しくはいってきた人は、海辺の松のほとりにたたずんで、呆然と海面を眺めていることが多いそうである。

「あの根あがりの松を、私はみかえりの松と呼んでいます。家族におくられて島にくると、帰ってゆく家族との別れがどんなにか苦しいのでしょう。いまの実状をよく認識して患者と握手するほどに、お友だちになる人がたくさんほしいです」

不自由なからだの人びとにとっては、四方八方に松の根のもりあがってひろがっている浜辺は、歩行に危険なところかもしれない。全島を包む、清い青い香りは、花粉を散らせたばかりの松の匂い。

どの道にも流れる「乙女の祈り」のオルゴールとともに、甘いバラの香りが漂っている。小島をバラでいっぱいにしようという運動の人たちからおくられたバラの株が、いま、よく育って、至るところで大輪の花を咲かせているのだ。

バラにはバラの、いのち自身にまつわる傷みや苦しみがあろう。そのバラを、こんなにすこやかに育てる心は、不健康者の健康なのだ。この島のバラの、花ばかりではなく一枚一枚輝くような、その葉の美しさにうたれずにはいられない。

■松本来のありようは

松の木は、三百年生きてきたのか、四百年生きてきたのか、あるいは、屍の上に植えられ、それを養いとして、七百八十年も生きてきている木もあるのか。雨に風に、雷に病に、その生きの間の傷みを思うと、胸がいっぱいになる。頑張って生きてきたのね、あなたも、そしてあなたも。

深沈と夜がふけて、眠るのはここと教えられた食堂の二階からみた松林は、くろぐろと影絵にうきたった。その松の枝にいのちを終えた人もまた、少なからぬ数を数えられるのではないか。

「松籟《しょうらい》の音を聞いていると、ふと、なんのために生きているのかしらと思います。いつまでもどうしても、いのちのこと、生き死にのことは、考えないわけにはまいりません……」

「それはそうでしょうとも。どこで何をしていても、その思いからは離れられませんよ」

きれいな声音の、心の奥ふかくまで語り合ったお友だちは、もう眠られたであろうか。

こんな夜ふけにこんなにさびしいところを、こんなに安心して女がひとり歩きできることはあまりない。せっかくの安らかさにまたさそわれて、ふたたび暗い松林をさまよい歩いた。

「松なんて、なんて愚劣。なにが、めでためでたの若松さまかよ」

十五、六のころの私は、気負いたって、あまりにどこにもありすぎる松の木を嫌悪したことがあった。お正月といえば松飾り、松の床活け、松の軸。祝いごとを連想するごつごつした松にうんざりしていた。あの松の葉へのおどろきを忘れて、いつのまにやら既成観念で松をみるようになっていたのだ。

けれど、ある年の冬、大雪を支えている松のきらめく姿をみてから、私はまたあらためて、松を大切に思いだした。自分で留袖を頼んだときも、一本の松を膝前にずっとたててもらうように頼み、それは十八、九歳のころからいまにいたるまで、えんえんと役に立っている。いまだにそれを古いとは思えない。その留袖で幾度も晴れの席につらなったわけだが、いつも、そのきものを着ると、自分の足もとから一本の松のさっと生《お》いでているのを感じる。常緑とはいえ、松のめでたさはあまりわからないが、松のよさ、美しさには文句がない。

日本全土をおおう松は、日本の美学のひとつの基本であった。おなじ松を描くにも、その時代時代によって、かわった形がうまれている。松をどう描くかは、日本の古今の美術家たちにとって、たいそうむつかしい課題だったことであろう。ありふれた画材であるだけに、個性的に、また美しく、実感をもうちだして描くことは、凡に似て非凡の力量を必要としたのであろう。尾形光琳《こうりん》の松が、永遠の松の形となりえたのは、いかにも非凡の裏づけがあったからだ。

いまの私はまた、二、三枚の松葉を懐紙にのせて部屋に置くだけでも、新鮮な祝福を覚えている。松の美しい日本全土に、どのような魂の生き、動く現代であるのか。私は私の松の美学を「その松とつきあう、いまの人間」といった形で考えるより、よき方法をしらない。

未来の松が、どのようなデザインとして表現されるか、それは、いまのありようがきめてゆく。

大切な仲間

■はじめての青松園

たとえ美しい心だと、思われている心の中にも、偏見のひそんでいる場合がある。何をもって美しとするのか、何をもって、醜しとするのか、個性と偏見とはまったくちがったものだけれど、それを混同している気味がある。わたし自身、自分がいかに偏見にみちた人間であるかを知っている。そして、偏見をなくそうとしてまた、対極の偏見を起こしやすい、危険な人間であるかを知っている。それを思うと、自分が信じられないうすら寒さを感じて、なんともいえず、やるせない。

はじめて、ハンセン病の療養所を訪れたのは、一九六四年のことだ。それまで、北条民雄や、明石海人《かいじん》などの著書によって、そのせかいをのぞきみしていた。『深い淵から』（新評論社）というルポルタージュでは、戦後、プロミン剤の出現で、どんなにか治癒力がふえ、光明のせかいと化したかを教えられたが、やはり、「レプラ」とか、「癩《らい》」とかいう言葉をきくだけで、ぞくっと粟だつ不気味さがあった。

ところが、想像したり、人の話を聞いたりしているときに感じていた一種の恐怖心は、やはり、まことに観念的な思考の結果であった。うまれてはじめて、瀬戸内海の大島青松園を訪れ、舟つき場近くの松の木蔭に、数人ずつ集まって待っていて下さる人びとのそばに走りよった時は、ただただ、明るいよろこびの思いがいっぱいだった。われながら、おどろくほどにひたむきなよろこびだけであった。

そのうれしさは、たちまち、人びとに伝わった。失明は、病気宣告と、気管切開とともに三つのショックであるときくが、目の不自由な方たち五、六十人も集まって下さった「盲人会館」の部屋で、陽気な初対面の挨拶をした。

この、ハンセン病という、すさまじい病気にかかったため、一般人の見るに見られぬ地獄の思いを身をもって知っている人びとに、うつくしげなうれしがらせや、安易な同情は通用しない。わたしは率直に、ただ、お逢いできた喜びだけを話した。いったい、わたしに、他に何が言えたであろう。わたしの味わわない境地に立っている人びとに対して……。

わたしが挨拶するだけでは、たいそう心のこりである。せっかく集まって下さった方がたの、自己紹介もぜひきかせてほしいとお願いして、ひとりひとりに発言してもらった。それは、実にたのしい雰囲気だった。

「盲人会」の会長さんの挨拶から、この療養所開設の最初から入所しているという老女性、急に見えなくなって、入会したばかりだというまだ若い男性、いつもラジオで放送を聞いていたとなつかしがって下さる女性、すぐれた詩の作者、歌や俳句をしている方はうんと多い。それぞれ、故郷や、家族環境や、社会にいた時の仕事などを話して下さる。

「わたしたちのような者に逢われるのは、初めてですか」

「ええ、はじめてですよ」

「どう思われました？」

「それが……ほんとうは、もっとドキンとしなくてはいけないんでしょうけれど、正直いって、どうってことないんです。ただ、お目にかかれてよかったな、と思うだけで」

歩けないので、おんぶしてもらって集まりにでてきて下さった老女性は、からりとした笑い声をたてられる。何も知らないわたしを、いとおしがられているような、いつくしみの笑みである。

「今日、岡部さんがくるっていうんで、そんなはずがない。きっと、みんなは目が見えないから誰かにだまされてるんだ。僕が首実験をして、真偽をたしかめてやりましょうといって、でてきたんです」

と、うしろに坐っている晴眼者の男性がいわれたので、みんながどっと笑った。

「そしたら、やはり本物で、テレビでみるよりもずっと、若くて美しい」

「まあ、そこはとても大事なところですわ。もうすこし大きな声で言って下さい」

またどっと笑った。わたしは素直に、うれしくて仕方がなかった。ああ、今、わたしはここのみなさんに甘えているな、甘やかされているな、と感じる。

一般社会で、会合には、いいかっこが先にたって、こんな、手ばなしの安心感、意志、感情の素直な伝達のよろこびは、めったにない。率直にものを言っても、それを率直にうけとらない人びとによって歪められてしまう。いいたいことが、こちらの思うように理解されない。思いもかけない方向へむかった誤解は、やっきとなればなるほど、いっそう誤解が深まるばかりだ。だからつい、沈黙してしまうことになる。

■すがすがしいよろこび

「病菌に対する隔離はあっても、人間としての隔離はありえないわけですから、療養所の矛盾や不幸とたたかわれるのと同じように、社会全体の矛盾や不幸とも、いっしょにたたかって下さい。社会の、どこに起こった問題でも、ご自分の問題にして下さい。たとえば、ベトナム戦争の問題をも、よそのことだと思わずに、自分のこととして考えて下さい」

と、頼まずにはいられない。世にも幸福なお金持の奥さまたちに、いくら頼んでも、

「なんでわたしたちが、不幸な人のことや、ベトナムのことなど、考えなくてはならないんですか。そんなこと、思いたくもない！」

と、いい棄ててしまわれる。そうはいわれなくても、その心は、享楽にのみ敏感なのだ。

わたしにとって、こんなに話の早い、わかってもらえる人間集団は、めったになかった。久しぶりに、率直に本音を話して通じることの、すがすがしいよろこびに、幸福感を覚えたのだ。ああよかった。魂がぐんぐん純粋になり、魂が魂を信じる幸福を、こんなにも深く味わわせてもらえるとは。

それは、療養所の内にはいれば、そこも同じ人間の、弱み、醜さ、あさましさが渦まいていることであろう。苦しみによって、ひずんだ人びともあるだろう。心を開かない人も

あるだろう。自分で直そうとしても直らぬ、ひ弱な性格を持っている人もあるだろう。その醜い毒素は、対社会の壁が分厚くとざされている隔離社会だけに、いっそう濃く、つらいものがあるだろうと思われる。

けれど、そういう意味の苦労をも含めて、その底しれぬ苦しみの体験によって洗いぬかれた、清浄な魂もまた、一般世間の比ではなく、美しいものがある。

この日、人びとの前に坐っている間じゅう、なんともいえない清らかさ、安らかささを感じて、いそいそとしていた。人間の可能性、より高度な存在になりうる可能性を、ネガティーブな在《あ》りようながら、ここには確認できた。ここまでからだをほろびさせつつ、しかも、ここまで美しく高められた魂がありうるのかと、感動したのだった。

そのよろこびを、長い間、自分ひとりの胸に抱きしめて、大切に大切にしていた。わたしが自分に疲れはて、生き苦しい思いにとりつかれた時、大島には仲間がいる。わたしをまともにうけとめてくれる人びとがいると考えて、元気をだしてきた。わたしはどこまでも、甘えていた。

ところが、ある尊敬する若き作家に、わたしのよろこびを語ったところ、わたしの感覚はたいへん不健全だといわれた。その方は取材のために、やはりある療養所に泊りこんでみてまわられたのらしい。何といっても、ぞっとしたし、ぞっとするのが、健康な感覚だと思うといわれる。そして、人間のもつ醜悪さが、もっとも醜悪にでているところだともいわれる。

「僕は絶対に、岡部さんの感覚は不健全だと思いますね。それには反対します」

といい切られるのに、わたしはがっくりした。それではわたしは、まともな感覚を、失っているのであろうか。特別な考え方をして、自分の感覚を異常なまでに変化させてしまったのであろうか。つまり、偏見をなくそうとして逆の偏見を抱いたのであろうか。

しかし、いかにそう否定されようとも、わたしにとって大切な人びとに逢うよろこびは、たしかに現実である。このよろこびは、他のものによって味わうことができない貴重なものである。この事実を、どうすることもできはしない。

善気水　法然院

■**落花の美しさ**

法然院万無寺《ほうねんいんまんむ》白蓮社《びゃくれんしゃ》。

白蓮社とは、中国の盧山にある白蓮社念仏道場の風を移した日本の白蓮社であるという意味だそうだ。念仏三昧に専念する道場としてつくられた寺を、みせるのに料金をとることはできない、ここは修行の道場なのだという気概で、いつきても清らかに清掃が行き届いている。

盧山からとり寄せて植えた白蓮の花が、それは見事に純白の花を咲かせるとか。華麗な本尊阿弥陀如来の宝前に、その白蓮をささげて、いっしんに経を誦し名号《みょうごう》をとなえるとき、どのようにうれしく、心澄むことであろうか。あめ色の直壇には、毎日、季節の花が二十五輪、じかに散華《さんげ》している。この献花の美しさは、金子《きんす》にいとめをつけない大立華《りっか》よりも、ずっとずっと心に染みる。

いつの時代から、この散華花がはじまったのだろうか、お掃除第一の修行に打ちこんでいたある僧が、庭にこぼれる花の、棄てるに惜しい美しさを大切にして、仏前に落花を献じたのがはじまりだときく。ここの中庭にあるすばらしい名木椿ひとつをみても、その落花が僧の心を惹きつけたことは思いやることができる。

それにしても、落花の美にも、なお献ずるべき真なる美を見いだし、それを二十五菩薩にみたてて二十五輪を並べた人の、仏心の美しさには恐れ入る。何だ花が散っていると、ゆきすぎてしまう人の多い中で、落花一輪にも、深い菩薩の姿をみ、心を感じた人なのだ。それこそ、仏教精神の発見した花の美学なのである。

現在も、知識としての仏教はすでに学んだうら若い人たちが、衣儀即仏法の衣儀を行《ぎょう》じんとして寺に来ている。衣を着、お勤めをし、信者に逢い、寺内や庭を清掃する。信者以外の内陣拝観者も多いので、現代の仏法者としての日々の実践がくりかえされる。法然上人以来の修行道場としての気風は、いまもつづいていて、さわやかである。

法然上人によってひらかれたあと、五百年ほどは、たいそうさびれていたらしい。江戸時代は天和のころ万無上人（智恩院三十八世）が再興したので、万無寺の名がある。万無上人は弟子の忍澂《にんちょう》上人に自分の志を伝え、二代にわたる悲願を叶える復興なのだった。

方丈の前庭に、鯉の群れ遊ぶ池がある。池の中にかけられた石橋を通って背山に近づくと、池はもう一段高くなっている。緑の藻の中に蛙や昆虫の姿がみえる。その上段の池の中に、さらに直径一メートルほどの丸い井戸のような枠があって、縁にはびっしり、緑の苔がついている。池よりもわずかに、その枠は高い。

この水は、下段の池、上段の池ともだんちがいに、澄み切っている。底まで約一メートルほどであろうか、それこそ、目が痛くなるほどに澄み切っている。寺伝としては忍澂上人が錫杖《しゃくじょう》でついたところ、自然に湧きだした清泉で、錫杖水とも善気水ともいわれている。すぐ東の善気山から導かれてきた地下水が、ここにあふれたのだ。東山をくぐって明礬《みょうばん》層の味を含んだ、百味《ひゃくみ》の水なのである。

■水のいのち

そばに添えてある柄杓《ひしゃく》をとって、のませてもらう。夢のようにやわらかな質で、気品のある味である。ひざまずいて、何度も口に含む。しいんとして、ただ、こんこんと湧きでる善気水が、縁の青苔を越えつたって、上段の池にそそぎこんでいる。庭の右奥につくられているししおどしが、かたん、かたん、とのどかな音をたてている。

このひとところ、それも池の中に、ゆたかにあふれる浄水、これこそ、水の中の水とでもいおうか。旅をするたびに、土地の水を飲む。オランダの運河は、清潔にはしてあったが、淀んだ茶色の流れである。スイスの山からなだれおちていた雪どけの滝は、どす黒い茶色である。パリのホテルの窓の外にだして冷やして飲んでいたエビアン水は、とてもとても、このようにかぐわしい神気《しんき》のこもった水ではない。

よくもまあこのような、醇乎《じゅんこ》たる水があることよ、しかも、このようにほとばしるほどの力で、つぎつぎにあふれでてくることよ。善気山、東山一帯が、宅地造成のむごい変化を来たしでもしたら、このうるわしい水の、水みちは枯れることだろう。これまで絶えぬ泉の小さな枠と豊かな水量、何よりもその清澄に、思わずまぶたが熱くなってきた。また柄杓をとって、濡れた目を洗う。不意の涙を萩の花にみられている。

なんにも不幸ではないのに、どうして涙なんかにじみ出てくるのだろう。あまりにありがたく、うれしい時にこみあげてくる、よろこびの涙なのであろうか。あるいは、この美しい水のいのちも、ある意味では風前の灯であることを恐怖するからであろうか。こういった純粋の泉、ふきあがってくるきれいな水のいのちは、生物の生存可能な天地である証拠として、まことにまことに貴重である。

心をとり戻して玄関への廊下を歩いていたら、偶然、梶田ご住職にであった。さっそく、善気水で点《た》てた抹茶をもてなして下さる。若い僧の心をこめて点てられた冷たい水のお茶は、淡くあまく、おいしかった。まろい味わいであった。

十四歳の時にこの寺にはいって、もう五十六年の歳月をここに過ごすというご住職は、善気水が、ずっと、同じ状態だったと話される。

「ときどき、バケツで水をくみだして、中をきれいに掃除するんですが、いくら水をくみだしても、すぐあふれてくるので、底をさらすということはありませんね。ほんとうにすばらしい水です」

よき水も、よき水みちと、よき湧き口に恵まれなくては、日の目をみない。地下になお、このような清澄の水は、黙って流れているのであろうか。地上の水の、どんどんよごれてゆくいま、一尾の小さなめだかに化して、地下水みちを通ってみたい気がする。この天然の浄水に、人間を破滅させる要素の加わることを、なんとしてでもふせがねばならない。

水は生物のいのちを養い、その在りようを映す水かがみなのだ。

数年前、瀬戸内海の大島にあるハンセン病療養所青松園を訪れたとき、「島の水が塩からくて……。いい水が飲みたいものです」という声をきいた。それでその翌年、ふたたび青松園に渡るとき、当時住んでいた神戸市の水をびんにつめて持っていった。

外国の船は、神戸港で飲料水をたっぷり積みこんでゆく。赤道下を通っても一カ月もくさらないということで、神戸の水は良質のほまれが高いのだ。背山を通る水に、ミネラルが豊かだからであろう。

そのとき「こんなうれしいぷれぜんとははじめて」と、びんを胸に抱かれたうれしい顔が目にのこっている。ああ、あのお人にも、このお水を届けてあげたい。

沖縄嘉手納《かでな》基地では、井戸の水が燃える。水俣《みなまた》では水に水銀がまじっていた。こんな水があるのに、飲み水を飲めない地獄が、たしかに現存するのだ。

ふたつの彫刻

■ゴーガン「癩患者の像」

このほど、小著『出会うこころ』（淡交社、一九九四年）を読まれた画家、池田一憲《かずのり》氏から、舟越保武《ふなこしやすたけ》氏の彫刻作品に「病醜のダミアン」像があると、教えられた。『出会うこころ』のなかに、一九九一年末に記した一文「ひとつの彫刻」がはいっている。これは一八四八年パリに生まれ、一九〇三年ドミニカ島で亡くなったフランス人画家ポール・ゴーガンが、思いがけない彫刻を作っているのを知ったときの、わが感動を記したものだ。

南仏アルルで、ゴッホと暮したことのあるゴーガンの人生も、絵を描くために家庭を離れ、貧しく、恵まれぬ状態で各地に渡り住んでいる。いかにも熱帯の島らしい鮮やかな色彩の絵を、生命力あふれる土地の女たちの絵を、画集や雑誌の特集で見ていた。美術館や、美術展ででも、油絵作品を見ている。

しかし、いつの時だったか、「ゴーガン展」を見た。そして――

会場の入口に、等身大の椅子にすわった像がありました。男性です。こんな真っ正面に飾られているなんて、大切な像なのだな、いったいどなたの？

そばの標示を見て、心中、うなり声をあげました。

「うーん、あ、これはすごい」と。

そこには「癩患者の像」と記されていたのです。

ゴーガンというフランスの画家は、こういう彫刻を造るお人だったのかと、わたくしはそれまで、カラフルな絵の、それもほとんどは画集でしか見ていなかったゴーガン作品からの印象を、思いかえしてみました。（中略）

当時の島々には、ハンセン病の人びとが多く、完全に治癒する現在とはまったく異なる、惨鼻《さんび》な状態だったろうと思われます。けれど、隔離することなく、ふつうにいっしょに暮していたのでしょう。そして、ゴーガンも、その病む人びとをまともに見て、まともにつき合っていたんですね。

美術という「美」のせかいで、美的造型である「癩患者の像」とぶつかった時のうめきは、「負けた」という、感動的敗北感でした。

椅子に腰かけて正面むいている人物は、たしかに病相を現じていますが、堂々たる像でした。ゴーガンは、ハンセン病を病む人びとのなかに、かがやく美しい魂を、尊敬していたにちがいなく、そうでなければ、こうした心のこもった像の大作は、制作されなかったことでしょう。

そう言わずにはいられないほど、ま正面からまっすぐに見つめた彫刻だった。圧倒された私は、さらに言葉をついで——

日本の美術界で、「癩」とよばれてきたハンセン病者が扱われることがあったんでしょうか。たとえば地獄といった否定的なイメージの場には登場しても、敬意による表現はなされてこなかったように思います。

と書いている。

■舟越保武のダミアン像

それを読んで、深くきびしい作風で知られる池田一憲氏が、舟越作品「病醜のダミアン」があると報せて下さったのだ。私はその像を知らなかったので、折り返して池田氏に、その作品の大きさ、どういう意味の像か、ダミアンというのはどういうお人かとたずねた。するとすぐ『岩手県立博物館・近代美術作品集』（一九八四年）図録が送られてきた。その中に、カラー写真の舟越保武作ブロンズ彫刻、高さ二メートルのダミアン像（一九七五年作）がはいっていた。

立像なので、ほぼ等身大。実作の前にたったわけではないから勝手な印象だが、顔と両手に結節様がみられる。すこしも気張らない自然さ、全体の姿勢に、気品が迫力となっていた。

舟越氏は、清浄感ある女性像で透明な作風の彫刻家だ。敗戦後、カトリックの洗礼を受けて、「長崎二十六殉教者記念像」をはじめ、信仰心あふれる彫刻を制作してこられたという。

そのお人が「どうしても」と念じて作られた「ダミアン」なのだ。だが、どうして「病醜の」と題されたのであろうか、その題に、舟越氏はあえてそう題さずにはいられない気持をこめておられるのであったか。

制作者舟越氏は「私はこの病醜の顔に恐ろしい程の気高い美しさが見えてならない。このことは私の心の中だけのことであって、人には美しく見える筈がない。それでも私は、これを作らずにはいられなかった。私はこの像が私の作ったものの中で、いちばん気に入っている」（『巨岩と花びら』筑摩書房）と述べられている由、図録に引用されている。

同じなら、作品を「ダミアン神父」と題されてもよかったのではないか。私は、どういう存在か全く知らなかったが、図録の作品頁に註として一文が付されていた。

「ダミアン神父（一八四〇―八九）ベルギーの人。三十三歳の時にハワイ群島のモロカイ島の小さな半島にあるハンセン病の病院の宣教師となり、その島で一生を終えました。この作品は同じ病気に冒されたダミアン神父を彫刻したものです」

この註には、何気なく読むと誤解しやすいところがある。モロカイ島の病者の中にはいったために、同病に冒されたと錯覚されるのではないか。

私が一番知りたかった「像の大きさ」は、やはり等身大だった。そして祈るように期待していた「敬意をもって制作された」像であるのも、うれしいことだった。

いちばん大きなちがいは、ゴーガン作は「癩患者の像」。舟越作品は、同病者であっても「神父」であるところ。ゴーガンは神父在世の時代に生きて、「患者」とつき合い、制作した。「神父」は、その信仰を行動した深い神父の愛をたたえる現代からの彫像だ。

それにしても。

「ゴーガンの『癩患者の像』のことは、はじめて教えていただきました。仰せのように日本には、そのような作品は存在しないのではないでしょうか。一遍《いっぺん》上人の絵伝に現わされていることを知るのみです」

長島愛生園の藤井善《ぜん》氏から、やはりこういう『出会うこころ』の読後感をもらった。私は、池田氏から送られてきた図録の「ダミアン」像をコピーして、「こういう作品があると教えられた」と添え書して送ってしまった。

■像をめぐる論議

そしてそのあとで、島比呂志著『「らい予防法」と患者の人権』（社会評論社）に、「病醜のダミアン」像をめぐる多様な動きや、島氏自身の意見が書かれているのを読んだ。なんと、このダミアン彫刻は、一九八五年から八六年にかけて、その展示が物議をかもしていたという。

島氏の「ダミアンの感染伝説をめぐって」項の冒頭に、当時の『毎日新聞』（一九八六年十一月七日付夕刊）が「芸術か偏見か」の大見出しで掲載したという記事がある。

　ハンセン病患者の救済に身をささげ、自らも発病、死亡したベルギー人神父をモデルとしたブロンズ彫刻の傑作『病醜のダミアン』＝昭和五十年、舟越保武氏（七四）作＝を展示していた埼玉県立近代美術館（浦和市）が「展示は病気への誤解、偏見を生む」という元患者の社会復帰者がつくる団体の訴えでその像を撤去していたことがこのほど、明らかになった。同じ像を展示する岩手県立博物館（盛岡市）と兵庫県立近代美術館（神戸市）は、同団体の撤去要請に対し「愛の気高さにあふれる作品」と拒否しており、二つの判断は改めて芸術と人権、偏見をめぐり論議を呼びそうだ。

私は、胸が痛くなった。このいたみを素通りしている自分。私は図録のダミアン像に、作者が敬意をこめて制作した気品、尊厳を感じたのは、事実だ。

その像が、元患者さんたちの社会復帰者には、展示を見過すわけにはゆかないつらい像だった。「撤去要請せずにはいられない」像だったのだ。

そうだ、私は患者であったことがない。だから、つらさより前に、感動がきた。

とすれば、あの『出会うこころ』収録のゴーガンの「癩患者」彫刻への感動も、やはり同じことではないか。

今頃、気づいた自分の一方的な感覚に呆れ、深まる自分へのおぞましさにこわばった。

お前は、何というヤツだ。

■社会復帰者の心情

島比呂志氏はこの事件を、著書で次のように受けとめておられた。

この事件については私も二年余り、いろいろと考えさせられた。社会復帰者の会の主要メンバーの一人に知人がいて、彼も小説を書いていた。彼からは何度も協力要請があったが、私は残念乍ら同調することができなかった。私も小説を書く人間として、まず「表現の自由」ということを、第一に考えたからである。

そして記事に付された「美術評論家・瀬木慎一さんの話」――「公立美術館が作品を購入した以上、必ず市民に展示すべきだ。芸術にはいつも賛否両論がついて回るもので〝差別を生む〟という意見が出たのなら、なおのこと展示を続け、広く市民の声を聞いて一緒に考えた方がよいと思う」――に、賛成だと。

しかし、島氏は社会復帰者の気持ちも、もちろんよくわかっていて、つらいのだ。

それと、まるで常識のように錯覚されている「感染」と「発病」の歴然としたちがいについて、もっと厳密な認識をと求めつづける記述が、ダミアン略歴を指摘しておられる。

島氏の文はつづく。

一九九二（平成四）年二月、私はある新聞の文学賞として掲載されたHという女性の評論の中に、ダミアンの略歴が出ているのを見て、これは困ったことだと思った。

作品は島尾敏雄の旅日記がテーマでその中のモロカイ島訪問記に触れて、ダミアンがカラウパパに定住して癩患者に奉仕、そのため自分も感染したとの略歴が出てくる。この略歴を見た新聞の読者は、癩患者に接近すると感染するとの認識を持たないだろうか。

私はさっそくその新聞に「ダミアンは感染したのか」を書いた。

疫学調査の結果、癩に罹患するのは幼少時家庭内で患者に濃厚接触した場合が大部分である、と厚生省も発表しているし、また療養所開設以来八十余年、職員（成人）に一人の罹患発病者もいなかった事実も明らかにされている。このような医学の常識に照らして、ダミアンがカラウパパの患者から感染したとは、到底考えられない。（中略）

ダミアンがいつどこで感染したかは不明であるのに、医学的に最も可能性の少ないカラウパパの患者からの感染を、あたかも既定事実のごとく略歴としているのは、大変な誤りである。したがって、ダミアン略歴の「感染」というのは、「発病」に訂正すべきである、というのが拙文の結論であった。

けれど、その文章を読んだHさんは、『キリスト教人名辞典』に「感染」とあるからまちがいない」と反論されたとある。辞典はもとよりのことだが、いったん書いたものを読んで信じられてしまうと、それは、なかなか訂正されない。

引用されている『キリスト教人名辞典』は、ダミアンという男性のみずみずしい生涯の本質を短くよく紹介していると思う。だが、「感染」とあるところを「発病」として考えたい。

「七三年志願して看護者のないモロカイ島のハンセン病（らい）患者の部落に定住、看護と布教に専心。独力で六〇〇名の患者のため、ほう帯を巻き、家を作り、墓を掘った。やがて感染したが（一八八五年）、活動を継続」（『キリスト教人名辞典』）

感染と発病とのちがいを、きびしく認識していない限り、「感染」を「発病」と書きかえても、同じことだと思いこむ人が多いのではないか。そこが問題だ。

『病醜のダミアン』像問題にしろ、ダミアンの『感染伝説』にしろ、それは日本という癩政策の後進性の強い国だからこそ、起こり得た珍現象のように思えてならない。

と書かれる島氏は「ダミアン」像の写真を見て、

全体としては厳しく崇高な気品が感じられ、傑作と評価される理由が私にも解るような気がした。

と書かれている。

撤去を要請した社会復帰者の心情が痛いほどわかっておられる島氏の、しかし像の気品もはっきり認められる、この接点に私はほっとする。

■長いおつき合いから学ぶ

私が、元患者さんたち社会復帰者の心のいたみを感じないで、ゴーガン、舟越の二作品にすぐ感動したのは、なぜか。

それは、私が、初めて国立療養所大島青松園をたずねた一九六四年から今日まで、療養所内に暮しつづけてこられた方がたとのおつき合いだけで、社会復帰された方とのおつき合いができていなかった点が一つ、あるのではないか。一般社会の各部門で働き暮していて完全に病気そのものは治っているのに、かつて病気であったために味わった苦しみは忘れることができない方がたの、社会に対して人間に対して、何につけても敏感でいらっしゃるご様子を知っていたら、この鈍感な私も、すこしは理解力ができていたかもしれない。

　それから何といっても大きな原因は、おつき合いしている方がたには、初めからすらっと受け入れてもらえた思い。その深い優しさに包まれ、長い月日のうちに、すっかり安心して甘えていた。

　そうではなく、きびしく見ていらした方もあっただろう、あるだろうに、そこがいい気なんだ。何でも喜びの方に受ける、受けてしまう。

　一九五四年以来、民間放送のラジオで、たった四百字の短文を朗読してもらっていた。神戸市立盲学校の福来《ふくらい》四郎先生指導の盲目の小学校一年生の粘土造型展「眼がほしい！」に感動した。「指で見た」ものを、小さな指が造型する。なかにも、無眼球児《むがんきゅうじ》作の、目を凹ませた子が両手を大きく前に、空につきだした「眼がほしい！」と題した作品は、晴眼者の多くが、泣かずにはいられない作品だった。

その短文が放送されると、大島青松園《せいしょうえん》の吉田美枝子さんという方からお手紙がきた。私は、そのお便りによって、初めて「私も全く見えない者ですが、らいという病気による盲目なので触感が麻痺していて、触覚の助けを得ることができません」という状態を知った。「点字も舌で読む」とのことだった。

そのことをまた「四百字の言葉」で放送した。

今度は、一般の視覚障害者からの点字の手紙がたくさんきた。健常な人には想像もできない盲目のせかい。「触覚をたよりにして暮しているのに、その触覚が麻痺している状態なんて考えられない。どうかよろしく頑張ってくださるよう、お伝えください」といった、励ましだった。

その反響を、吉田さんにおとりつぎしたと思う。それからのおつき合いがつづく。点訳奉仕で大島を知っておられた若い山根美恵子さんに案内してもらって、一九六四年四月、神戸から船にのった。一泊した翌朝、高松から島への連絡船にのった。船が島のはしけに近づいた時のことをよく覚えている。

少女の頃から考えてきた病気のこと、症状のことなどを案じていたが、島で出迎えにたって下さっていた人びとの中、「あの人が吉田さんよ」と、山根さんに教えられてわくわくとんでいった。不安も心配もすっとんで、ただうれしかった。

そのうれしさが、第一印象をそのまま、今もつづいている。

初めて島を訪れた者なのに、盲人会館へ集って下さった五、六十人の人びとは、私のありのままの話をごく自然に受けとられた。正直な話、それまで私が自分のマイナス面を話すと、一般社会の集りでは「ご謙遜を」とか、「まさか」とか言われた。私はそのことを、「謙遜」ではなく、「事実」として語っているのだが。それが社交儀礼の「うつくしごと」だとされる空しさは、さびしかった。だから、この療養所という限られた地域で、思いをそのままわかってもらえる。初めての緊張がほどけるほど安心感をもった。

療養所へ来て、美しい松林を通って、多くの入園者に何をお話してよいやら。病気見舞なんて、今更どうしようもない。それこそみごとな松の枝ぶりに死のうとした人、死んだ人、不幸は徹底して体験された人びとなのだ。

「どうか、ご自分の体験を、一般社会の人間に伝えてください。そしてどうか、人間的、社会的な問題について、世界の在りようについても、どんどんここからの意見を発表してください」

そうお願いするしかなかった。

集られた方おひとりずつに自己紹介していただいた時、後におられた男性が、「ここは盲人会館だけれど、僕は櫻井《さくらい》、晴眼者です。皆が、今日は岡部伊都子がくるというので、それはだまされている、自分が見届けてやるといって来たんです」と言われた。

「皆さん、安心しなさい。これは本物やった。テレビで見るよりも若くてきれいだ」なんて言われたのでこちらは大よろこび。「今のところを、もっと大きな声で言っていただけませんか」なんて、図にのってしまった。

ご案内の山根美恵子さんは、当時父子家庭の人。神戸大丸に勤めて御影《みかげ》高校の夜間授業に通うりんとした少女だった。いつもきちっと「自分の思うこと」を見つめて、率直に話す人で、この人からは何度か、わが甘さをたしなめられている。この女性との交流も四十年近く今につづくよろこびである。

香川県生まれ、十五歳で青松園に入園した吉田美枝子さんは、その多感な少女時代の思い出を、園の機関誌『青松』や、盲人会誌『灯台』に載せておられた（『花なり人も』所収）。「らい」と医師に告げられた時、美枝子さんを連れて遠くへいってしまうから「お父さんは家へ帰ってあと二人の子供を育ててくれるように」と言ってきかなかったというお母さん。何につけても子供をいつくしんだ父、島へ送ってみえた両親との別れ。そのご両親への思いが忘れられない。二十歳ぐらいで失明されたようだが、私は園との最初の縁を、いい同性に結んでもらったものだ。

綺麗ごとは必要なく、「思うこと」「考えていること」を、そのままわかってもらえる幸福感は貴重だった。吉田さんの配偶者蓮井三佐男《はすいみさお》氏や、軍隊で発病後シベリヤへ送られた体験の政石蒙氏、わが病気を案じて下さる島田茂氏、櫻井学氏、詩の塔《とう》和子さんほか、歌、俳句、川柳、散文などの表現者が多い。それぞれりっぱな集をだしておられる。一冊ずつ紹介できないのが、のこり惜しく残念だ。

園外の人びとが、ここをたずねて多くを学ぶ。

いつか（もう二十数年も前になろうか）、尊敬する作家、高橋和巳氏に、「大島をたずねた最初から、うれしい気持ち一ぱいでした。行けば力づけられるんです」と話したら、高橋氏はちょっと小首をかしげられた。疑問符がついた。

「それはどうかな。どんなにらいのことを頭で理解していても、さて初めて療養所へ足を踏み入れる時は緊張しますよ」

だのに、ただうれしかった、だなんて。

「それはずいぶんいい気な人間だね」

と、親身な注意をして下さったのだろう。私は、自分を疑った。

それではお前は、戦争中の軍国教育に染まっていた逆の意味の、自己拘束をしたのであろうか。喜びでないことに、嬉しさを感じたのであろうか。

いや、どう思い直してみても、あの嬉しさは嬉しさだった。喜び、安堵。そのわが喜びをひきだして、見る目美しげな装飾過多の社会人よりも、ずっと信頼し尊敬できる人間の実在をあかしてくださった、吉田美枝子さんへの敬意は今も変らない。

まだお互いに若かった頃、一夜泊めてもらって深夜まで語り合った話は、他言してはならない真実だった。

いつも喜びを与えられる。

人間たる学びに充実する。

大島青松園や、一九六八年四月の渡沖でたずねた沖縄愛楽園、その他ご縁を得た多くの在園者との長いおつき合いが、うれしいのだ。愛楽園から十六人の客人を家に迎えた思い出もある。これまでの長い交流で、いつもこちらが慰められ、力づけられてばかりいる。

それが、ふたつの彫刻に、病気を体験した元患者さんたちの苦悩を思いみないで、その苦しみや不愉快を実感し得ないで、さきに感動したわが正体なのだ。

■体験者と体験無き者

無神経にも、ダミアン像の図録をコピーして送った愛生園の藤井善氏から、それについてのお手紙がきた。

藤井氏は愛知県の寺院の子息である。私と同世代の戦争体験の軍隊で発病し、敗戦後、愛生園へ入られた。本名、伊奈教勝《いなきょうしょう》氏。その大切な本名が使えないとわかった時、法難の親鸞聖人が流罪に際して「藤井善信《ぜんしん》」となったことを思い、みずから「これだ」と、「藤井善」の名を撰ばれたそうだ。

十数年前、当時、愛生園の婦長であった上田政子《まさこ》さんと二人で、おいしいアサリをずしんと持ってきて下さった。長島と本州側の陸とは、ごく短い距離なのに橋がなく、むしろ逃亡をおそれて海の底を掘ったという「隔離政策」の本山《ほんざん》である。

「隔離されて十年間は治療が必要でした。でも十三年目に園外へ出ることが許されて、もう治療を受ける必要が無くなったあとの四十年、まだ『らい予防法』が無くならないのです」と、各地の学校やグループに招かれて迷妄を是正する講演をしつづけていらっしゃる。

その短い海のへだてをこえる「人間回復の橋」をかけるよう、長島から国に訴えて十七年もかかった。一九八八年五月九日にやっと開通した「邑久《おく》長島大橋」。開通を喜びながら「もっと早く開通していたら、今は亡き人びとがたくさん渡られたのに」と、ともに涙した。「この橋は、隔離されて島にとじこめられた者にとっての人間回復の橋であるばかりでなく、同時に、あなた方一般社会人にとっての人間回復の橋でもあるのですよ」といわれる。

私も、園から迎えに出て下さった宇佐美《うさみ》治《おさむ》氏と、ゆっくりこの橋を渡った。

藤井善氏は、兵庫県市川町の光明寺住職、玉光《たまみつ》順正《じゅんせい》氏と出会われた。親鸞《しんらん》塾《じゅく》をひらいて、心ひらき語り合い、解放を創りつづける玉光氏は、「あなたはそれでいいのか、あなた達が人間回復しないかぎり、私たちも人間回復しない」と、藤井氏をきびしく問われたときく。

折から名古屋の肉親から愛の手があげられた。伊奈教勝氏の甥御さん中村薫氏（同朋大学教員）が、ようやく叔父さんがそういう運命にあわれていたこと、本名を名のられたことを知って、配偶者にそのことを伝えられた。すると養蓮寺坊守の真佐子夫人は「叔父さんをそうしておくなんて、それは自分たちの問題だ」と熱い情愛がまっすぐにあふれた。

一朝一夕にはなし得ない改革が、実現した。本名を名のるまでの転変の思い、名のられてからの、さらなる思いは一瞬もとどまらず展開しているだろう。その伊奈教勝氏の手紙。

この像を撤去してくれとの申し入れをした社会復帰者の立場は、自分が患者であったということを極力秘密にしていることもあって、露見に対する極度の神経過敏にあるということも理解できるのであります。従って「ダミアン像」の醜悪な（私たちの多くの者が秘しておきたい部分）容貌に対して拒否反応を示したこともうなずけます。それは芸術としての価値よりも、まず恥部として受けとってしまうのです。

そうなのだ。当然のそこが私には欠けていた。つらさを思わず、感動が先立ったことを申しわけなく思わずにはいられない。伊奈氏はさらにこう書かれる。

然し、それでいいのかというのが私自身への問いかけであります。
そしてそこにとらわれている限り、偏見からの解放が有り得るのか。いつまでもそこにとじこもり閉鎖していて差別からの解放が望めるのか……という問いかけであります。

本名を名のって動きだされた伊奈氏によって、非常に多くの理解者ができ、協力者が元気を与えられ、勇気づけられている。伊奈氏も「私はそれを信じます」と、さわやかだ。私が「いたみの前に感動した」自分に恥じて「ごめんなさい」とあやまったのは、それで事ずみとするためではなく、患者体験がない自分に欠けている認識の不足をわびるところからしか、真に近づく次がはじまらないからだ。このことがあったおかげで、今頃になって、かつて病者であった人びとにうずく心の残傷を思う。しんしんとひびく。

何ごとであれ、世界中に起こっている被害、加害の諸相からみて、体験者と体験無き者との差は決定的にちがう。さらに個の中にうずくさまざまな要素、角度、視野、うねり。その何を、どのように積極的に自己とし、情理とし、自他への愛としてゆけるのか。

■私たちは出発する

大阪歯科大学救癩奉仕団のメンバーは、五月の連休をはさんで、タイのコンケン市、ノンサンブーン病院と、チエンライ市郊外のメラヲ療養所関係の奥地へ歯科治療の奉仕にゆかれるという。

いつもは掘立小屋をたてて、こちらから何トンもの医療器材を持参して、また持って帰っていたが、「今回は一千万の資金を作って、その内の六百万で恒久的な診療用の建物を建て、器材も四百万でそろうのだ」と、川口正典医師は説明して下さった。動ける人がゆき、ゆけない人は別の準備、カンパや器材、薬の調達、労力奉仕を担当されるそうだ。

学生の頃、各園を見舞っていたはじめは、音楽や芸能の慰問であったのが、「入れ歯を入れてほしい」と言われて、専門医学で役立つことができるようになった。韓国全北《ハングクチョンブク》、金堤《クムジェ》郡《グン》龍《ヨン》池《チ》面《ミョン》、新岩新興飛龍農園《シナムシンフンピヨンノンウォン》へ歯科治療にゆくようになると、韓国の医師たちが、「先生方の来られるのが無理な時は、自分たちもする」と言われるようになったとか、「それが嬉しかった」と川口先生。

「学校では絶対体験できないこと」に出会って涙で別れてくる「ふれあいキャンプ」が、この三月も三泊四日で沖縄愛楽園を訪れている。園の機関誌『すむいで』五月号には、朝日新聞大阪厚生文化事業団、西部厚生文化事業団のよびかけで九州、関西方面の中・高生ら三十四人が参加したとあり、その中のひとり滋賀県高二の小森雅美さんが、キャンプで話した在園のお年寄が、ふと、「もう帰ってしまうんやね」とつぶやかれたことをなつかしみ思いだして書いている。同号には、天理大学成人会員二十七人も、「ひのきしん」奉仕で砂浜の掃除や個人の居宅訪問などで交歓した様子が告げられていた。
論楽社ホームスクール「山の分校」から『ぶな』創刊号が届いた。かつて山の分校で学んだ少年少女が、大学生となり社会人となる。そのOB会を中心に、志ある人びとが長島愛生園をたずねた感想がならんでいる。
表紙は愛生園の納骨堂「万霊山」だ。
また、『ぶな』創刊号を編集した青山哲也フリー・カメラマンの記録が許されるならば、と、ハンセン病生活者記録の会の構想を、論楽社代表の虫賀《むしが》宗博《むねひろ》氏が紹介、その構想を、ある民間学の始まりと書かれている。虫賀宗博、上島聖好《うえじましょうこう》ご夫妻のいきいきした人間性が、つぎつぎと情感美しい魂の自由を育て、豊かな未来学を見る思いがする。
岩倉の民家を舞台にひらかれている講座「言葉を紡ぐ」で語られた人びとの話が、論楽社ブックレットとなって出版されている。
思想家、藤田省三著『私たちはどう生きるか?――何本もの国境線を体に保って、走れ』
岩波書店社長、安江良介著『自画像の描けない日本』
鳥取赤十字病院内科部長、徳永進著『三月を見る死の中の生、生の中の死』
記録文学者、松下竜一著『生活者の笑い、「生」のおおらかな肯定』

在日大韓基督教京都教会名誉長老、金在述《キムジェスル》著『自由を生みつづける』そして京都までこられなかった長島愛生園の詩人、島田等《ひとし》氏には、「ならばこちらから」と、でかけていって、同じブックレットでの詩集、『次の冬』が生まれた。

ここ

「貧乏だから差別されるのではありません。
ここでうまれたから差別されるのです。」
六十を過ぎた識字学級の婦人はいう
透かして見ると
日本列島はここの染みだらけだ（下略）

（『次の冬』）

以前、青松園の在園者が、盲人会五十年史『わたしはここに生きた』（大島青松園盲人会）を発刊されて、出版の祝賀会にでかけたことがある。「ここ」に万感の意がある。

離れる

出会いがなければ神様も他人
祈ってなんかくれるな

肌身離さずなんて嘘だ
大切なものなら遠去《ざ》けたい

うまれたときに母親から離れ
生き長らえてもう一度

それでもうたがうたえないなら
口もなくなれ
目もなくなれ

真っ暗闇に
星が光る

離れてこその
星が光る
（『次の冬』）

『次の冬』の付記に、鳥取赤十字病院内科の徳永進氏が書かれている。二十五年前の島田等氏との出会いによって、らい詩人集団の宣告の載った詩誌『らい』創刊号をもらわれた二十歳の徳永氏の感動を。

詩集『次の冬』で、その宣言を読んだ私は、この思考方向は、「らい」のみならず、すべての個の「自己の根」考察について必要だと思った。この方向が確立されているならばよし、どうすればいいか迷っているならば、この宣言にみちびかれてわが弱さの根を直視するところから出発したい。

一、私たちは詩によって自己のらい体験を追求し、また詩をつうじて他者のらい体験を自己の課題とする人々を結集する。

一、私たちの詩がらいとの対決において不充分であり、無力でもあったことをみとめる。なぜそうであったかの根を洗いざらし、自己につながる病根を摘発することか

ら、私たちは出発するだろう。（下略）

（一九六四年発表）

「自己につながる病根」の思い当らない人はあるか。
「私たちは出発する」、その目標へ。
向うからもこちらからも、四方八方から出発したい。
私も出発しつづけよう。
ふたつの彫刻の真実を証しに。

ぎんぎんぎらぎら

『次の冬』（論楽社ブックレットNo.6）
意味深い書名の、詩集です。

ぎらぎら
病んでいると
ゴッホの病的なところがよくわかる
ゴッホの絵は

病むもののいやらしさを
　ぎらぎらさせている

どきんとします。私は苦悩にみち、ついに自死を選んだヴァン・ゴッホの絵が好きです。ゴッホのぎらぎらを当時の社会が理解しなかった残酷な事実と、ゴッホの貧しさと情熱ゆえの狂気。

そのぎらぎらを
集めて
増やして
顕微鏡で覗いている奴がいた〈科学者冥利！〉だとか

ぎらぎらはぬぐっても、ぬぐっても
あとをたたない
だからゴッホは描きつづけた

そして……

死ぬこともできずに
ぎらぎらをつのらせて
私は生きてきた
そして年をとった

ぎんぎんぎらぎら

『次の冬』の著者、島田等《ひとし》氏は一九二六（大正十五）年、三重県に誕生、四一（昭和十六）年にハンセン病の診断を受け、四七年、岡山県の国立療養所長島愛生園へ入所されました。もちろん、とうの昔に完全に治っていらっしゃるのですが、『病棄《やみす》て――思想としての隔離』（島田等、ゆみる出版）の書名にも明らかなように、隔離政策によって家族や社会からひき離され、療養所生活となった人びとが行き合った一つのふるさとである園内に、いまも住んでおられます。

非人権『らい予防法』なんて、時代錯誤な法律がまだ改正されないのは、一般社会の偏見とともに、なんと無礼なことでしょう。

もう二十五年も前、島田さんにはじめて会われたという当時二十歳の徳永進青年が、この本の付記に書かれています。

島田さんはあまり叫ばない。熱唱することもない。文章に温度があるとするなら、セ氏四度くらいだろうか。早春の田の近くの細い川の氷が融けたころの温度だろうか。澄んでいる。

■個の孤の寂寥さえも

「なるほど、徳永先生らしいなァ」と思わず声が出ました。それでは現在、鳥取赤十字病院内科部長でいらっしゃる徳永進氏が、「ハンセン病療養所から出てこられた方々が気楽に泊まれる所を」と志を立てられ、ついにユニークなこぶし館を完成された原因のなかには、この島田さんとの出会いがはいっていたのですね。

そのこぶし館で、小学生から八十代の高年者までが自由な心を紡ぎ合うホームスクール論楽社を岩倉につくられて十数年になる虫賀宗博・上島聖好ご夫妻が、島田さんとはじめて会われたのだそうです。

そして『次の冬』誕生！

詩誌『らい』の主宰者だった島田氏の、詩人集団の宣告が徳永氏によって引用されています。これは「らい」体験を、その孤のそれぞれの体験として実感すべき、すごく高い内容だと思いました。私にはこんな深い詩はとても書けません。ここまで人間性を深くした体験の重さを思うと、身がひきしまるばかりです。

一、私たちは私たちの詩がらいとの対決において不充分であり、無力でもあったことをみとめる。なぜそうであったかの根の洗いざらし、自己につながる病根を摘発することから私たちは出発するだろう。（後略）

この認識からの出発ですね。

だれにも今はあるが
だれの今も幸せとはかぎらない

（「蝉《せみ》」）

一人なら
孤独もない
（「非転向」）

また、徐俊植《ソジュンシク》著『全獄中書簡』を読んで、島田氏は心の近い理解をもたれたのではないかと思います。在日韓国人で、ソウルへ留学中、不当に逮捕され投獄された徐勝《ソスン》・俊植兄弟の運命は、ひとごとではなかったでしょう。

老いた母は息子を残して死ぬ
囚われたものの尊厳を
だれよりもささえて
（「歳月」）

私は、いくら探しても書名に使われた「次の冬」という詩が見当らないのに気づきました。次にやってくる冬。あとがきにこう書かれていました。

詩も死も再生です。『次の冬』がたとえ春をむかえられようと、むかえられまいと。

どの詩にも、わかりやすい言葉がつかわれていますのに、考えこまずにはいられない、いや、すこしのぞいただけでは水面の見えない難解さに吸いこまれます。

人は、言葉であれ、行動であれ、その思いを表現して存在する表現者です。いっさいモノが言えない場合にもモノを言っていることがあって、いつも「お前はなにか」を自分に問う毎日です。

ぎらぎら燃えあがる絵具を渦巻かせたゴッホの絵にうたれ、自分もぎらぎら病んできたことを、私は島田氏の詩でさとりました。結核をはじめとして骨の痛み、神経の弱り、心も、からだも、個の孤の寂寥《せきりょう》さえも、ぎらぎらと。島田さんの詩の末尾をなつかしく一緒に唱います。

ぎんぎんぎらぎら
夕日が沈む

（葛原しげる『夕日歌』）

「風の舞い」に舞う

■青松園へふたたび

もうとても、伺うことはできないと思っていました大島へ、一九九七年六月七日、また参上することができました。

ちょうど高松市の菊池寛記念館で、「瀬戸内の女性作家」展が催されていて、その記念講演をと主宰の尾形《おがた》明子、岡田孝子《たかこ》ご姉妹と、スタジオ・ラビィの生方《うぶかた》孝子さんに迎えていただきました。そのお話が決まった時、

「あ、大島へゆくことができる、前年七月六日に亡くなられた吉田美枝子さんのおまいりができる！」

と、心予定ができたのです。

吉田美枝子さん、そう思うだけで私は感謝の涙になります。

まだ神戸で仕事していた四十年近く前のこと、放送で毎朝「四百字の言葉」を流していました。無眼球児の盲学校一年生の人たちが粘土で作った造型作品展を見て、お目の凹んだお子が両手をさしだして「目がほしい」と叫んでいる作品にうたれました。

そのことを朗読してもらったら、たくさんのお手紙が来たのですが、その中に点字のお手紙がありました。

「私も盲目ですが、病気のために触覚がありません。点字を読むのも、舌で読む稽古をしたのです」

……と、それが、吉田さんのお手紙でした。

私は、そのとき初めて「らい」とよばれてきたハンセン病の実体の一部を教えていただきました。

幸いに、親しくしていた若い女性、山根美恵子さんがずっと朗読奉仕、点訳奉仕をしていらっしゃって、大島青松園へも何度か行ったことがあると言われるので、山根さんのご案内で、姪もともに、神戸から船にのって高松へ。そして青松園へ伺ったのでした。

それから幾たびか吉田さんをたずね、ときには園に泊めてもらって、遅くまで女どうしの、他には洩らせない話をしました。吉田さんが率直に応答してくださるありがたさ。たちまち、「ありのまま」の自分を語っても理解してくださる得がたい友となりました。

吉田さんからのお便りに惹かれ、山根さんのお力を得て、ハンセン病に対する偏見の世のまちがいを思い知ることができました。初めての青松園で四、五十人の方がたが「盲人会館」まで集まってくださり、お一人お一人の自己紹介とお話をさせてもらったなつかしさ。

一九〇九（明治四十二）年の開所である青松園へ「私は最初の患者として、数え年十五歳で入園したのです」と言われた岸野ゆきさんは、「初めて園に来てどう思うか」ときいてくださったし、「僕は晴眼者だけど、ほんとの岡部か、どうか見にきた。ほんまやった」と証言してくださった桜井学さん、どなたも、どなたも私を導いてくださった方がたです。

青松園とのご縁がなければ、一九六八年四月、沖縄におりたって辺戸岬《へどみさき》への道をゆきながら、「屋我地《やがぢ》だよ。ここに愛楽園があるよ」と教えられたとたん、「ゆく、ゆく」と愛楽園を訪れるうれしさが味わえなかったことでしょう。

講演は一時間、思うことをしゃべって終り、そのとたんにまた、壇にかけ上がって「吉田美枝子さんのこと、これから青松園へゆくこと」を申しました。混乱した忘却茫々の七十四歳の姿です。青松園協和会代表の曽我野一美氏、ケースワーカーの金重紘二氏もききに来てくださっていて、冷汗。

京都からは『病みすてられた人々――長島愛生園・棄民収容所』(論楽社ブックレットNo.7)を出版された虫賀宗博・上島聖好ご夫妻、ブナの森の会仲間の興野《おきの》康也《やすなり》、泉谷《いずみや》龍《りゅう》さんたち若い人びとも来てくださって、皆ごいっしょに、青松園を訪れたのです。

昔、吉田さんのもとで知り合った津幡《つばた》洋一郎・久子ご夫妻も会場で、ご息女あかねさんご夫妻と四人、並んでいてくださいました。しかも、津幡久子さんもいっしょに青松園へ行ってくださるって、うれしくて。この津幡さんのお名が思いだせなくて、政石蒙《まさいしもう》さんに思いだしていただいたのです。久しぶりに大島へゆく栈橋で、遠くに小さく船があらわれ、近づくのを待つ心おののき。

■納骨堂で思いこめて

みなさんのお迎えをうけて、まず、納骨堂へまいらせていただきました。そこで持参した「花あかり」ろうそくをともしていただき、吉田さんのお骨に身をよせました。

口慣れている「般若心経《はんにゃしんぎょう》」をとなえましたが、多くの宗教者の入っていらっしゃるお堂、美枝子さんにだけきいてもらえばいいと、ひとり思いをこめて「白鳥《しらとり》は悲しからずや空の青、海の青にも染まず漂う」（若山牧水《わかやまぼくすい》詞、古関裕而《こせきゆうじ》曲）の歌を歌いました。

一九八四年、『盲人会五十年史　わたしはここに生きた』が完成した時、私はひとり突然に、その出版祝賀会にゆかずにはいられませんでした。島に一台のラジオが壊されたことへの怒り、患者自治会の結成以来、よく闘いつづけていらっしゃった入園者の方がたを思い、プロミン治療の遅れた戦争ゆえの不幸がいまさら、身にしみます。

六月七日の夜はお食事のあと、先に津幡さんと二人、美枝子さんの死の前の録音をきかせていただきました。島は昔より美しくととのえられていて、カラオケのお声もきこえてきて。

翌八日朝、「風の舞い」へ連れて行っていただき、ここが庵治石《あじいし》によって重ねられた円柱と三角型の塔に、骨箱にはいらない残骨を、納める広場と知りました。

「ここにも美枝子さんがいる」

いえ、美枝子さんに象徴される青松園住民のみ魂、さわやかな「風の舞い」です。

朝九時からお手すきの人びとが集まって、十時までの一時間、なつかしの会をもってくださいました。その席で何度、感動にふるえたことでしょう。盲人会会長の南部剛氏は、昔の私の本を深く記憶してくださっていて、「花あかり」という言葉を、どういうふうに使っていたかを指摘してくださいます。

十年ほど前、水に浮かぶ丸いローソクに名をつけるように頼まれて、「花あかり」と名づけたので、自分は、「花あかり」というと、それを連想していました。でも、南部さんのおっしゃるように、もっとずっと前、れんげを摘んでいて夕暮になり、ふと振りかえったら菜の花畑に花明りがともっていたと。まいった、そのご理解とご記憶とに、襟を正しました。

なつかしいお顔、お声、いっぱい。終りになる時、昨日からごいっしょしてくださっていた『青松』編集の中石俊夫氏が、「納骨堂で歌った歌は、わずかな人しかきけなかった。お別れにここで歌ってほしい」と言われました。心用意もなく歌った、あの歌。よくきいてくださいました「盲人会」のみなさま。

そして、もうお別れでした。

あとがき

戦前、女学校を結核で中退した療養時代に、「らい」と当時よばれていた病いのあることを初めて知ったときの驚きと心痛む思い、戦後、吉田美枝子さんとの出会い、大島青松園や復帰前の沖縄・愛楽園を訪れたときの喜びなど、折りにふれ繰り返し書いてまいりました。入園者の方がたと、話の通じ合う仲間として、親しくおつき合いいただき、どんなに多くのことを学ばせていただいたか、はかり知れません。

一九五七年から今日まで、書き重ねてきたこれらのものを、今回、高林寛子さんが編集しまとめてくださいました。

出版してくださる藤原書店の藤原良雄社長様をはじめスタッフのみなさま、ありがとうございました。

こころ明かり灯しつつ……

二〇〇六年一月

岡部伊都子

出典一覧

「深い謝罪を形にするとき」　『弱いから折れないのさ』藤原書店、二〇〇一年七月

「いのち明り」　『愛生』一九九一年三月号。開園六〇周年記念行事（三）記念文化講演、一九九〇年十一月十三日、愛生園福祉会館にて

治る病気です

「うとみしか」　『蝋涙』創元社、一九五七年八月

「輝く魂」　『美を求める心』講談社、一九六七年一一月

『地面の底が抜けたんです』を読む」　『こころをばなににたとえん』創元社、一九七五年三月

「因襲」　『こころをばなににたとえん』創元社、一九七五年三月

「心に咲く花」　『心のふしぎをみつめて』ちくま少年図書館、一九八二年三月

「風わたる」　『賀茂川のほとりで』毎日新聞社、一九八五年二月

「供養巡礼」　『賀茂川のほとりで』毎日新聞社、一九八五年二月

「蓮せかい」　『優しい出逢い』海竜社、一九八五年六月

「遅すぎる　早すぎる」　『賀茂川のほとりで　その二』毎日新聞社、一九八六年一二月

「桟橋の少女」　『賀茂川のほとりで　その二』毎日新聞社、一九八六年一二月

「『全霊協宣言』」　『賀茂川のほとりで　その三』毎日新聞社、一九八九年一月

「自分の机」　『言の葉かずら』冬樹社、一九八九年九月
「他府県では、いまだに」　『こころからこころへ』弥生書房、一九九三年九月
「『夜の声』」　『こころからこころへ』弥生書房、一九九三年九月
「治る病気です」　『さらにこころからこころへ』弥生書房、一九九四年二月
「伊奈教勝さんを悼む」　『水平へのあこがれ』明石書店、一九九八年五月

風の舞い

「散りさざんか」　『美の巡礼』新潮社、一九六五年四月
「法華寺」　『秋篠寺　法華寺』淡交新社、一九六五年九月
「青松」　『美のうらみ』新潮社、一九六六年三月
「大切な仲間」　『おりおりの心』大和書房、一九七〇年三月
「善気水　法然院」　『水かがみ』淡交社、一九六八年一〇月
「ふたつの彫刻」　『朱い文箱から』岩波書店、一九九五年四月
「ぎんぎんぎらぎら」　『流れゆく今』河原書店、一九九六年一一月
「『風の舞い』に舞う」　『こころ　花あかり』海竜社、一九九八年九月

著者紹介

岡部 伊都子（おかべ・いつこ）

1923年大阪に生まれる。随筆家。相愛高等女学校を病気のため中途退学。1953年より筆一本の暮らし。1956年に『おむすびの味』（創元社）を刊行。美術、伝統、自然、歴史などにこまやかな視線を注ぐと同時に、戦争、沖縄、差別、環境問題などに鋭く言及する。
著書に『岡部伊都子集』（全5巻、1996年、岩波書店）『思いこもる品々』（2000年）『京色のなかで』（2001年）『弱いから折れないのさ』（2001年）『賀茂川日記』（2002年）『朝鮮母像』（2004年）『岡部伊都子作品選』（全5巻、2005年）『遺言のつもりで』（2006年、以上藤原書店）他多数。

ハンセン病《びょう》とともに

2006年2月28日　初版第1刷発行©

著　者　岡部　伊都子
発行者　藤　原　良　雄
発行所　株式会社　藤原書店

〒162-0041　東京都新宿区早稲田鶴巻町523
TEL　03（5272）0301
FAX　03（5272）0450
振替　00160-4-17013

印刷・美研プリンティング　製本・協栄製本

落丁本・乱丁本はお取り替えします
定価はカバーに表示してあります

Printed in Japan
ISBN4-89434-501-3

ともに歩んできた品への慈しみ

思いこもる品々

岡部伊都子

「どんどん戦争が悪化して、美しいものが何も彼も泥いろに変えられていった時、彼との婚約を美しい朱机で記念したかったのでしょう」（岡部伊都子）。父の優しさに触れた「鋏」、仕事に欠かせない「くずかご」、冬の温もり「火鉢」……等々、身の廻りの品を一つ一つ魂をこめて語る。**［口絵］カラー・モノクロ写真／イラスト九〇枚収録。**

Ａ５変上製　一九二頁　**二八〇〇円**
（二〇〇〇年一二月刊）◇4-89434-210-3

微妙な色のあわいに届く視線

京色のなかで

岡部伊都子

「微妙の、寂寥の、静けさの色とでも申しましょうか。この『色といえるのかどうか』とおぼつかないほどの抑えた色こそ、まさに『京色』なんです」……微妙な色のあわいに目が届き、みごとに書きわけることのできる数少ない文章家の、四季の着物、食べ物、寺院、み仏、書物などにふれた珠玉の文章を収める。

四六上製　二四〇頁　**一八〇〇円**
（二〇〇一年三月刊）◇4-89434-226-X

弱者の目線で

弱いから折れないのさ

岡部伊都子

「女として見下されてきた私は、男を見下す不幸からも解放されたい。人権として、自由として、個の存在を大切にしたい」（岡部伊都子）。四〇年近くハンセン病の患者を支援してきた著者が、真の「人間性の解放」を弱者の目線で訴える。

題字・題詞・画＝星野富弘

四六上製　二五六頁　**二四〇〇円**
（二〇〇一年七月刊）◇4-89434-243-X

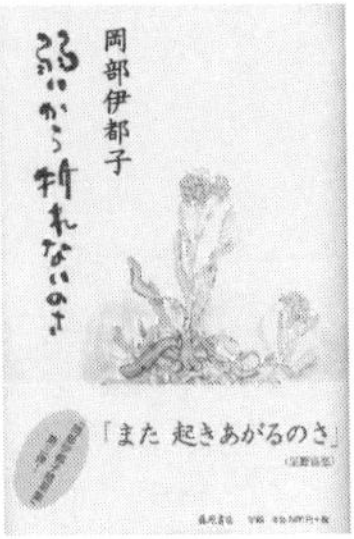

賀茂川の辺から世界に発信

賀茂川日記

岡部伊都子

「人間は、誰しも自分に感動を与えられる瞬間を求めて、いのちを味わわせてもらっているような気がいたします」（岡部伊都子）。京都・賀茂川の辺から、筑豊炭坑の強制労働、婚約者の戦死した沖縄……を想い綴られた連載「賀茂川日記」の他、「こころに響く」十二文章への思いを綴る連載を収録。

Ａ５変上製　二三二頁　**二〇〇〇円**
（二〇〇二年一月刊）◇4-89434-268-5

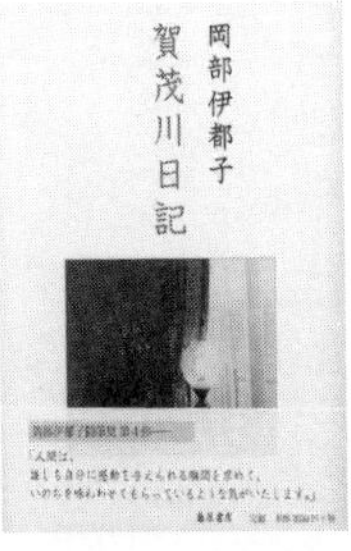

母なる朝鮮

朝鮮母像

岡部伊都子

日本人の侵略と差別を深く悲しみ、日本の美術・文芸に母なる朝鮮を見出す、約半世紀の随筆を集める。

［座談会］井上秀雄・上田正昭・岡部伊都子・林屋辰三郎　**［跋］朴菖熙**
［題字］岡本光平
［カバー画］赤松麟作
［扉画］玄順恵

四六上製　二四〇頁　**二〇〇〇円**
（二〇〇四年五月刊）
◇4-89434-390-8

日中 心の交流、初の成果

〈中国語対訳〉シカの白ちゃん CD&BOOK

岡部伊都子・著
李広宏・訳　**飯村稀市・写真**

日中両国で歌い、心の交流をはかってきた中国人歌手・李広宏が、その優しさとあたたかさに思わず涙した「シカの白ちゃん」。李広宏が中国語に訳し、二カ国語で作詞・作曲した、日中民間交流の真の成果。**CD＝朗読・歌**

A5上製　一四四頁＋CD2枚　**四六〇〇円**
［写真多数］（二〇〇五年九月刊）
◇4-89434-467-X

「美しい生活者」

遺言のつもりで 〈伊都子一生 語り下ろし〉

岡部伊都子

これからを生きる若い方々へ「ありがとう、ありがとう……」。しなやかで清《ちゅ》らに生きた「美しい生活者」の半生。「最期の瞬間まで人としての自分を育てたいと、私はまだそう思っています」。

四六上製　二二四頁　**二八〇〇円**
（二〇〇六年一月刊）
◇4-89434-497-1

〈愛蔵版〉口絵16頁／しおり（著者印）／布クロス装貼函入
（二〇〇六年二月刊）◇4-89434-499-8

本音で語り尽くす

まごころ 〈哲学者と随筆家の対話〉

鶴見俊輔＋岡部伊都子

〝不良少年〟であり続けることで知的錬磨を重ねてきた哲学者・鶴見俊輔。〝学歴でなく病歴〟の中で思考を深めてきた随筆家・岡部伊都子。歴史と学問の本質を見ぬく眼を養うことの重要性、来るべき社会のありようを、本音で語り尽くす。

B6変上製　一六八頁　**一五〇〇円**
（二〇〇四年一二月刊）
◇4-89434-427-0

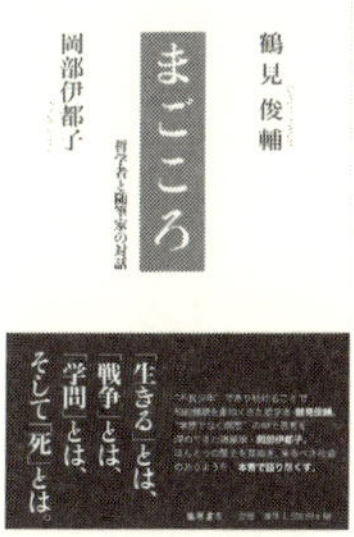